STS

山田社

U0080312

絶對合格
日檢單字

N5

新制對應！

小池直子 著

山田社

前言

根據最新日檢的考試內容，
書中又增加單字數量了。

　　配合新制日檢，史上最強的日檢N5單字集《新制對應 絕對合格！日檢單字N5》，根據日本國際交流基金（JAPAN FOUNDATION）舊制考試基準及新發表的「新日本語能力試驗相關概要」，加以編寫彙整而成的。除此之外，根據最新日檢考試內容，更添增過去未收錄的生活常用必考單字項目，內容最紮實。無論是累積應考實力，或是考前迅速總複習，都是您最完整的學習方案。

　　書中還搭配東京腔的精緻朗讀光碟，並附上三回跟新制考試形式完全一樣的單字全真模擬考題。讓您短時間內就能掌握考試方向及重點，節省下數十倍自行摸索的時間。可說是您應考的秘密武器！

本書特色有：

1. 三回全真新制單字模擬試題密集訓練，分析各題型的解題訣竅，提升臨場反應。
2. 「單字分類學習」，在相同主題上集中火力，單字記憶量瞬間暴增數倍。
3. 首創「N5單字＋類‧對義詞＋N5文法」新制對應學習法，日檢單字全面攻破！
4. 超強例句，精選固定搭配詞組，配合N5文法，累積超強應考實力。
5. 解釋最精闢，並創新添增「類義詞」、「對義詞」要素，讓您短時間內，迅速培養應考實力。
6. 十幾位教學經驗豐富日籍老師，共同編撰及審校，最具權威。
7. 實戰朗讀光碟，熟悉日籍老師語調及速度，聽力訓練，最佳武器。

《新制對應 絕對合格！日檢單字N5》不僅讓您打好單字底子，引導您靈活運用，更讓您在考前精確掌握出題方向和趨勢，累積應考實力。進考場如虎添翼，一次合格！

內容包括：

1. 單字王─字義完全不漏接：根據新制規格，精選出N5命中率最高的單字。每個單字所包含的詞性、意義、解釋、類‧對義詞、中譯、用法等等，讓您精確瞭解單字各層面的字義，活用的領域更加廣泛。

2. 速攻王─掌握單字最準確：配合新制公布的考試範圍，精選出N5的必考單字，依照「詞義」分門別類化成各篇章，幫助您同類單字一次記下來，頭腦清晰再也不混淆。中譯解釋的部份，去除冷門字義，並依照常用的解釋依序編寫而成。讓您在最短時間內，迅速掌握出題的方向。

3. 得分王─新制對應最完整：新制單字考題中的「替換類義詞」題型，是測驗考生在發現自己「詞不達意」時，是否具備「換句話說」的能力，以及對字義的瞭解度。此題型除了須明白考題的字義外，更需要知道其他替換的語彙及說法。為此，書中精闢點出該單字的類義詞，對應新制內容最紮實。

4. 例句王─活用單字很貼切：背過單字的人一定都知道，單字學會了，要知道怎麼用，才是真正符合「活用」的精神。至於要怎麼活用呢？書中每個單字下面帶出1個例句，例句精選該單字常接續的詞彙、常使用的場合、常見的表現、常配合的文法（盡可能選N5文法）等等。從例句來記單字，加深了對單字的理解，對根據上下文選擇適切語彙的題型，更是大有幫助，同時也紮實了文法及聽說讀寫的超強實力。

5. 測驗王─全真新制模試密集訓練：三回跟新制考試形式完全一樣的全真模擬考題，將按照不同的題型，告訴您不同的解題訣竅，讓您在演練之後，不僅能即時得知學習效果，並充份掌握考試方向與精神，以提升考試臨場反應。就像上過合格保證班一樣，成為新制日檢測驗王！

6. 聽力王─應考力全面提升：強調「活用」概念的新制日檢考試，把聽力的分數提高了。為此，書中還附贈光碟，幫助您熟悉日語語調及正常速度。建議大家充分利用生活中一切零碎的時間，反覆多聽，在密集的刺激下，把單字、文法、生活例句聽熟，同時為聽力打下了堅實的基礎。

　　　無論是累積應考實力，或是考前迅速總複習，本書都是您最完整的學習方案。

　　　《增訂版 新制對應 絕對合格！日檢單字N5》本著利用「喝咖啡時間」，也能「倍增單字量」「通過新日檢」的意旨，附贈日語朗讀光碟，讓您不論是站在公車站牌前發呆，一個人喝咖啡，或等親朋好友，都能隨時隨地聽CD，無時無刻增進日語單字能力，也就是走到哪，學到哪！怎麼考，怎麼過！

目錄

※ 光碟1MP3中含有CD1及CD2，軌數以CD1-1，CD1-2…；CD2-1，CD2-2…標示。

MEMO

N5 新制對應手冊！

＊以上內容摘譯自「國際交流基金日本國際教育支援協會」的
「新しい『日本語能力試驗』ガイドブック」。

一、什麼是新日本語能力試驗呢

1. 新制「日語能力測驗」

從2010年起，將實施新制「日語能力測驗」（以下簡稱為新制測驗）。

1－1　實施對象與目的

新制測驗與現行的日語能力測驗（以下簡稱為舊制測驗）相同，原則上，實施對象為非以日語作為母語者。其目的在於，為廣泛階層的學習與使用日語者舉行測驗，以及認證其日語能力。

1－2　改制的重點

此次改制的重點有以下四項：

1　測驗解決各種問題所需的語言溝通能力

新制測驗重視的是結合日語的相關知識，以及實際活用的日語能力。因此，擬針對以下兩項舉行測驗：一是文字、語彙、文法這三項語言知識；二是活用這些語言知識解決各種溝通問題的能力。

2　由四個級數增為五個級數

新制測驗由舊制測驗的四個級數（1級、2級、3級、4級），增加為五個級數（N1、N2、N3、N4、N5）。新制測驗與舊制測驗的級數對照，如下所示。最大的不同是在舊制測驗的2級與3級之間，新增了N3級數。

N1	難易度比舊制測驗的1級稍難。合格基準與舊制測驗幾乎相同。
N2	難易度與舊制測驗的2級幾乎相同。
N3	難易度介於舊制測驗的2級與3級之間。（新增）
N4	難易度與舊制測驗的3級幾乎相同。
N5	難易度與舊制測驗的4級幾乎相同。

「N」代表「Nihongo（日語）」以及「New（新的）」。

3 施行「得分等化」

　由於在不同時期實施的測驗，其試題均不相同，無論如何慎重出題，每次測驗的難易度總會有或多或少的差異。因此在新制測驗中，導入「等化」的計分方式後，便能將不同時期的測驗分數，於共同量尺上相互比較。因此，無論是在什麼時候接受測驗，只要是相同級數的測驗，其得分均可予以比較。目前全球幾種主要的語言測驗，均廣泛採用這種「得分等化」的計分方式。

4 提供「日語能力測驗Can-do List」（暫稱）作參考

　為了瞭解通過各級數測驗者的實際日語能力，新制測驗經過調查後，提供「日語能力測驗Can-do List」（暫稱）。本表列載通過測驗認證者的實際日語能力範例。希望通過測驗認證者本人以及其他人，皆可藉由本表更加具體明瞭測驗成績代表的意義。

1－3 所謂「解決各種問題所需的語言溝通能力」

　我們在生活中會面對各式各樣的「問題」。例如，「看著地圖前往目的地」或是「讀著說明書使用電器用品」等等。種種問題有時需要語言的協助，有時候不需要。

為了順利完成需要語言協助的問題，我們必須具備「語言知識」，例如文字、發音、語彙的相關知識、組合語詞成為文章段落的文法知識、判斷串連文句的順序以便清楚說明的知識等等。此外，亦必須能配合當前的問題，擁有實際運用自己所具備的語言知識的能力。

舉個例子，我們來想一想關於「聽了氣象預報以後，得知東京明天的天氣」這個課題。想要「知道東京明天的天氣」，必須具備以下的知識：「晴れ（晴天）、くもり（陰天）、雨（雨天）」等代表天氣的語彙；「東京は明日は晴れでしょう（東京明日應是晴天）」的文句結構；還有，也要知道氣象預報的播報順序等。除此以外，尚須能從播報的各地氣象中，分辨出哪一則是東京的天氣。

如上所述的「運用包含文字、語彙、文法的語言知識做語言溝通，進而具備解決各種問題所需的語言溝通能力」，在新制測驗中稱為「解決各種問題所需的語言溝通能力」。

新制測驗將「解決各種問題所需的語言溝通能力」分成以下「語言知識」、「讀解」、「聽解」等三個項目做測驗。

語言知識	各種問題所需之日語的文字、語彙、文法的相關知識。
讀　解	運用語言知識以理解文字內容，具備解決各種問題所需的能力。
聽　解	運用語言知識以理解口語內容，具備解決各種問題所需的能力。

作答方式與舊制測驗相同，將多重選項的答案劃記於答案卡上。此外，並沒有直接測驗口語或書寫能力的科目。

2. 認證基準

　　新制測驗共分為N1、N2、N3、N4、N5五個級數。最容易的級數為N5，最困難的級數為N1。

　　與舊制測驗最大的不同，在於由四個級數增加為五個級數。以往有許多通過3級認證者常抱怨「遲遲無法取得2級認證」。為因應這種情況，於舊制測驗的2級與3級之間，新增了N3級數。

　　新制測驗級數的認證基準，如表1的「讀」與「聽」的語言動作所示。該表雖未明載，但應試者也必須具備為表現各語言動作所需的語言知識。

　　N4與N5主要是測驗應試者在教室習得的基礎日語的理解程度；N1與N2是測驗應試者於現實生活的廣泛情境下，對日語理解程度；至於新增的N3，則是介於N1與N2，以及N4與N5之間的「過渡」級數。關於各級數的「讀」與「聽」的具體題材（內容），請參照表1。

	級數	認證基準
困難 ↑ *		各級數的認證基準，如以下【讀】與【聽】的語言動作所示。各級數亦必須具備為表現各語言動作所需的語言知識。
	N1	能理解在廣泛情境下所使用的日語 【讀】· 可閱讀話題廣泛的報紙社論與評論等論述性較複雜及較抽象的文章，且能理解其文章結構與內容。 · 可閱讀各種話題內容較具深度的讀物，且能理解其脈絡及詳細的表達意涵。 【聽】· 在廣泛情境下，可聽懂常速且連貫的對話、新聞報導及講課，且能充分理解話題走向、內容、人物關係、以及說話內容的論述結構等，並確實掌握其大意。
	N2	除日常生活所使用的日語之外，也能大致理解較廣泛情境下的日語 【讀】· 可看懂報紙與雜誌所刊載的各類報導、解說、簡易評論等主旨明確的文章。 · 可閱讀一般話題的讀物，並能理解其脈絡及表達意涵。 【聽】· 除日常生活情境外，在大部分的情境下，可聽懂接近常速且連貫的對話與新聞報導，亦能理解其話題走向、內容、以及人物關係，並可掌握其大意。
	N3	能大致理解日常生活所使用的日語 【讀】· 可看懂與日常生活相關的具體內容的文章。 · 可由報紙標題等，掌握概要的資訊。 · 於日常生活情境下接觸難度稍高的文章，經換個方式敘述，即可理解其大意。 【聽】· 在日常生活情境下，面對稍微接近常速且連貫的對話，經彙整談話的具體內容與人物關係等資訊後，即可大致理解。

＊ **容** **易** **│** **↓**	N4	能理解基礎日語 【讀】‧ 可看懂以基本語彙及漢字描述的貼近日常生活相關 話題的文章。 【聽】‧ 可大致聽懂速度較慢的日常會話。
	N5	能大致理解基礎日語 【讀】‧ 可看懂以平假名、片假名或一般日常生活使用的基 本漢字所書寫的固定詞句、短文、以及文章。 【聽】‧ 在課堂上或周遭等日常生活中常接觸的情境下，如 為速度較慢的簡短對話，可從中聽取必要資訊。

＊N1最難，N5最簡單。

3. 測驗科目

新制測驗的測驗科目與測驗時間如表2所示。

■ 表2　測驗科目與測驗時間 ＊①

級數	測驗科目 （測驗時間）			
N1	語言知識（文字、語彙、文法）、讀解 （110分）		聽解 （60分）	→ 測驗科目為「語言知識（文字、語彙、文法）、讀解」；以及「聽解」共2科目。
N2	語言知識（文字、語彙、文法）、讀解 （105分）		聽解 （50分）	→
N3	語言知識（文字、語彙） （30分）	語言知識（文法）、讀解 （70分）	聽解 （40分）	→ 測驗科目為「語言知識（文字、語彙）」；「語言知識（文法）、讀解」；以及「聽解」共3科目。
N4	語言知識（文字、語彙） （30分）	語言知識（文法）、讀解 （60分）	聽解 （35分）	→
N5	語言知識（文字、語彙） （25分）	語言知識（文法）、讀解 （50分）	聽解 （30分）	→

　　N1與N2的測驗科目為「語言知識（文字、語彙、文法）、讀解」以及「聽解」共2科目；N3、N4、N5的測驗科目為「語言知識（文字、語彙）」、「語言知識（文法）、讀解」、「聽解」共3科目。

　　由於N3、N4、N5的試題中，包含較少的漢字、語彙、以及文法項目，因此當與N1、N2測驗相同的「語言知識（文字、語彙、文法）、讀解」

科目時，有時會使某幾道試題成為其他題目的提示。為避免這個情況，因此將「語言知識（文字、語彙、文法）、讀解」，分成「語言知識（文字、語彙）」和「語言知識（文法）、讀解」施測。

＊①聽解因測驗試題的錄音長度不同，致使測驗時間會有些許差異。

4. 測驗成績

4－1　量尺得分

舊制測驗的得分，答對的題數以「原始得分」呈現；相對的，新制測驗的得分以「量尺得分」呈現。

「量尺得分」是經過「等化」轉換後所得的分數。以下，本手冊將新制測驗的「量尺得分」，簡稱為「得分」。

4－2　測驗成績的呈現

新制測驗的測驗成績，如表3的計分科目所示。N1、N2、N3的計分科目分為「語言知識（文字、語彙、文法）」、「讀解」、以及「聽解」3項；N4、N5的計分科目分為「語言知識（文字、語彙、文法）、讀解」以及「聽解」2項。

會將N4、N5的「語言知識（文字、語彙、文法）」和「讀解」合併成一項，是因為在學習日語的基礎階段，「語言知識」與「讀解」方面的重疊性高，所以將「語言知識」與「讀解」合併計分，比較符合學習者於該階段的日語能力特徵。

■ 表3　各級數的計分科目及得分範圍

級數	計分科目	得分範圍
N1	語言知識（文字、語彙、文法）	0～60
	讀解	0～60
	聽解	0～60
	總分	0～180
N2	語言知識（文字、語彙、文法）	0～60
	讀解	0～60
	聽解	0～60
	總分	0～180

N3	語言知識（文字、語彙、文法）	0～60
	讀解	0～60
	聽解	0～60
	總分	0～180
N4	語言知識（文字、語彙、文法）、讀解	0～120
	聽解	0～60
	總分	0～180
N5	語言知識（文字、語彙、文法）、讀解	0～120
	聽解	0～60
	總分	0～180

　　各級數的得分範圍，如表3所示。N1、N2、N3的「語言知識（文字、語彙、文法）」、「讀解」、「聽解」的得分範圍各為0～60分，三項合計的總分範圍是0～180分。「語言知識（文字、語彙、文法）」、「讀解」、「聽解」各占總分的比例是1：1：1。

　　N4、N5的「語言知識（文字、語彙、文法）、讀解」的得分範圍為0～120分，「聽解」的得分範圍為0～60分，二項合計的總分範圍是0～180分。「語言知識（文字、語彙、文法）、讀解」與「聽解」各占總分的比例是2：1。還有，「語言知識（文字、語彙、文法）、讀解」的得分，不能拆解成「語言知識（文字、語彙、文法）」與「讀解」二項。

　　除此之外，在所有的級數中，「聽解」均占總分的三分之一，較舊制測驗的四分之一為高。

4−3　合格基準

　　舊制測驗是以總分作爲合格基準；相對的，新制測驗是以總分與分項成績的門檻二者作爲合格基準。所謂的門檻，是指各分項成績至少必須高於該分數。假如有一科分項成績未達門檻，無論總分有多高，都不合格。新制測驗設定各分項成績門檻的目的，在於綜合評定學習者的日語能力。

　　總分與各分項成績的門檻的合格基準相關細節，將於2010年公布。

5.「日語能力測驗Can-do List」（暫稱）

　　僅憑測驗的得分與合格基準，無法得知在實際生活中，能夠具體運用日語的程度。因此，為了解釋測驗成績，提供「日語能力測驗Can-do List」（暫稱）作為參考。

　　為了「得知」通過各級數測驗者的日語實際能力，經過調查後，提供「日語能力測驗Can-do List」（暫稱）作為各級數的對照表。僅從目前正在製作的對照表中，摘要部分語言動作供範例參考。

■「日語能力測驗Can-do List」（暫稱）的範例

聽	能夠大致理解學校、職場、公共場所的廣播內容。
說	能夠於兼職或正職工作的面試中，詳細敘述自己對工作的期望與相關經驗。
讀	能夠閱讀並理解刊登於報紙與雜誌上、自己有興趣的相關報導內容。
寫	能夠書寫致謝函、道歉函、表達情感的信函或電子郵件。

＊由於仍在調查中，上述範例不標註對應級數。

　　實際的「日語能力測驗Can-do List」（暫稱）如上所述，依照「聽、說、讀、寫」的技巧分類，標註新制測驗對應級數的語言動作。合格者本人以及其他人，皆可藉由參照本表，得以推估「此級數的合格者，在學習、生活、工作的情境下，能夠運用日語達成的目標」，希望可以利用該表，作為了解測驗成績的參考資訊。

　　但是，「日語能力測驗Can-do List」（暫稱）只是基於合格者的自我評量所製作的對照表，無法保證某級數的全體合格者均能「做到○○」，僅表示該級數合格者應當能夠做到的事例。

　　「日語能力測驗Can-do List」（暫稱）將於2010年度公布。

二、新日本語能力試驗的考試內容

1. 新制測驗的內容與題型的預期目標

　　將各科目的試題擬測驗的能力彙整後，稱爲「題型」。新制測驗的題型如表6「各測驗科目的題型內容」所示。

　　新制測驗與舊制測驗的題型比較後，以下方的符號標示於表6。

◆	舊制測驗沒有出現過的嶄新題型。
◇	沿襲舊制測驗的題型，但是更動部分形式。
○	與舊制測驗一樣的題型。
―	此級數裡沒有出現該題型。

■ 表6　各測驗科目的題型內容

測驗科目		題型	N1	N2	N3	N4	N5
語言知識、讀解	文字、語彙	漢字讀音	◇	◇	◇	◇	◇
		假名漢字寫法	―	◇	◇	◇	◇
		複合語彙	―	◇	―	―	―
		文脈語彙選擇	○	○	○	○	◇
		同義詞替換	○	○	○	○	○
		語彙用法	○	○	○	○	―
	文法	文句的文法1（文法形式判斷）	○	○	○	○	○
		文句的文法2（文句組構）	◆	◆	◆	◆	◆
		文章段落的文法	◆	◆	◆	◆	◆

讀解		理解內容（短文）	○	○	○	○	○
		理解內容（中文）	○	○	○	○	○
		理解內容（長文）	○	—	○	—	—
		綜合理解	◆	◆	—	—	—
		理解想法（長文）	◇	◇	—	—	—
		彙整資訊	◆	◆	◆	◆	◆
聽解		理解問題	◇	◇	◇	◇	◇
		理解重點	◇	◇	◇	◇	◇
		理解概要	◇	◇	◇	—	—
		適切話語	—	—	◆	◆	◆
		即時應答	◆	◆	◆	◆	◆
		綜合理解	◇	◇	—	—	—

　　各級數的「題型」如第26～35頁所示。各題型包含幾道小題＊1。表中的「小題題數」為每次出題時的約略題數，與實際測驗的題數可能未盡相同。

＊1有時在「讀解」題型中，一段文章可能有數道「小題」。

測驗科目 (測驗時間)				試題內容	
				小題 題數 *	分析
		題型			
語言知識 (25分)	文字、語彙	1	漢字讀音 ◇	12	測驗漢字語彙的讀音。
		2	假名漢字寫法 ◇	8	測驗平假名語彙的漢字及片假名的寫法。
		3	選擇文脈語彙 ◇	10	測驗根據文脈選擇適切語彙。
		4	替換類義詞 ○	5	測驗根據試題的語彙或說法,選擇類義詞或類義說法。
語言知識、讀解 (50分)	文法	1	文句的文法1 (文法形式判斷) ○	16	測驗辨別哪種文法形式符合文句內容。
		2	文句的文法2 (文句組構) ◆	5	測驗是否能夠組織文法正確且文義通順的句子。
		3	文章段落的文法 ◆	5	測驗辨別該文句有無符合文脈。
	讀解 *	4	理解內容 (短文) ○	3	於讀完包含學習、生活、工作相關話題或情境等,約80字左右的撰寫平易的文章段落之後,測驗是否能夠理解其內容。
		5	理解內容 (中文) ○	2	於讀完包含以日常話題或情境為題材等,約250字左右的撰寫平易的文章段落之後,測驗是否能夠理解其內容。

讀解 *	6	彙整資訊	◆	1	測驗是否能夠從介紹或通知等,約250字左右的撰寫資訊題材中,找出所需的訊息。
聽解 (30分)	1	理解問題	◇	7	於聽取完整的會話段落之後,測驗是否能夠理解其內容(於聽完解決問題所需的具體訊息之後,測驗是否能夠理解應當採取的下一個適切步驟)。
	2	理解重點	◇	6	於聽取完整的會話段落之後,測驗是否能夠理解其內容(依據剛才已聽過的提示,測驗是否能夠抓住應當聽取的重點)。
	3	適切話語	◆	5	測驗一面看圖示,一面聽取情境說明時,是否能夠選擇適切的話語。
	4	即時應答	◆	6	測驗於聽完簡短的詢問之後,是否能夠選擇適切的應答。

＊「小題題數」為每次測驗的約略題數,與實際測驗時的題數可能未盡相同。此外,亦有可能會變更小題題數。

＊有時在「讀解」科目中,同一段文章可能會有數道小題。

MEMO

日檢單字

N5

新制對應！

1 寒暄語

🔘 CD1-1

① （どうも）ありがとうございました	寒暄 謝謝，太感謝了	類 お世話様（感謝您）
② 頂きます	寒暄 （吃飯前的客套話）我就不客氣了	對 御馳走様（我吃飽了）
③ いらっしゃい（ませ）	寒暄 歡迎光臨	
④ （では）お元気で	寒暄 請多保重身體	
⑤ お願いします	寒暄 麻煩，請；請多多指教	
⑥ おはようございます	寒暄 （早晨見面時）早安，您早	類 おはよう（早安）
⑦ お休みなさい	寒暄 晚安	類 お休み（晚安）
⑧ 御馳走様（でした）	寒暄 多謝您的款待，我已經吃飽了	對 頂きます（開動）
⑨ こちらこそ	寒暄 哪兒的話，不敢當	
⑩ 御免ください	寒暄 有人在嗎	
⑪ 御免なさい	連語 對不起	類 すみません（對不起）
⑫ 今日は	寒暄 你好，日安	
⑬ 今晩は	寒暄 晚安你好，晚上好	

答案　① ありがとうございました　② 頂きます　③ いらっしゃいませ　④ お元気で
　　　⑤ お願いします　⑥ おはようございます　⑦ おやすみなさい

ご親切に、＿＿＿＿＿＿＿。
感謝您這麼親切。

では、＿＿＿＿＿＿＿。
那麼，我要開動了。

＿＿＿＿＿＿＿＿。何名様でしょうか。
歡迎光臨，請問有幾位？

お婆ちゃん　楽しかったです。では＿＿＿＿＿＿。
婆婆今天真愉快！那，多保重身體喔！

台湾まで　航空便で＿＿＿＿＿＿＿。
請幫我用航空郵件寄到台灣。

＿＿＿＿＿＿＿。いい　お天気ですね。
早安。今天天氣真好呢！

もう　寝ます。＿＿＿＿＿＿＿。
我要睡囉。晚安！

＿＿＿＿＿＿＿＿。おいしかったです。
多謝您的款待。非常的美味。

＿＿＿＿＿＿＿、どうぞ　よろしく　お願いします。
不敢當，請您多多指教！

＿＿＿＿＿＿＿。山田です。
有人在家嗎？我是山田。

遅く　なって＿＿＿＿＿＿＿。
對不起。我遲到了。

「＿＿＿＿＿＿＿、お出かけですか。」「ええ、ちょっと　そこまで。」
「你好，要出門嗎？」「對，去辦點事。」

＿＿＿＿＿＿＿、お散歩ですか。
晚安你好，來散步嗎？

⑧ ごちそうさまでした　　　⑨ こちらこそ　　　⑩ ごめんください
⑪ ごめんなさい　　　⑫ こんにちは　　　⑬ こんばんは

⑭	さよなら／さようなら	寒暄 再見，再會；告別	類 じゃあね（再見（口語））
⑮	失礼しました	寒暄 請原諒，失禮了	
⑯	失礼します	寒暄 告辭，再見，對不起	
⑰	すみません	寒暄 （道歉用語）對不起，抱歉；謝謝	類 ごめんなさい（對不起）
⑱	では、また	寒暄 那麼，再見	
⑲	どういたしまして	寒暄 沒關係，不用客氣，算不了什麼	
⑳	どうぞよろしく	寒暄 請多指教	
㉑	初めまして	寒暄 初次見面，你好	
㉒	（どうぞ）よろしく	寒暄 指教，關照	

答案 ⑭ さようなら ⑮ 失礼しました ⑯ 失礼します ⑰ すみません
⑱ では、また ⑲ どういたしまして ⑳ どうぞよろしく

「＿＿＿＿＿」は　中国語（ちゅうごくご）で　何（なん）と　いいますか。
「sayoonara」的中文怎麼說？

忙（いそが）しいところに、電話（でんわ）して　しまって＿＿＿＿＿。
忙碌中打電話叨擾您，真是失禮了。

もう　5時（ごじ）です。そろそろ＿＿＿＿＿。
已經5點了。我差不多該告辭了。

＿＿＿＿＿。トイレは　どこに　ありますか。
不好意思，請問廁所在哪裡呢？

＿＿＿＿＿後（あと）で。
那麼，待會見。

「ありがとう　ございました。」「＿＿＿＿＿。」
「謝謝您。」「不客氣。」

はじめまして、楊（よう）です。＿＿＿＿＿。
初次見面，我姓楊。請多指教。

＿＿＿＿＿、どうぞ　よろしく。
初次見面，請多指教。

はじめまして、どうぞ＿＿＿＿＿。
初次見面，請多指教。

㉑ 初（はじ）めまして　　　　㉒ よろしく

はじめまして。

2 ｜ 數字（一）

CD1-2

①	ゼロ【zero】／<ruby>零<rt>れい</rt></ruby>	名（數）零；沒有	<ruby>類<rt></rt></ruby> <ruby>無<rt>な</rt></ruby>い（沒有） <ruby>對<rt></rt></ruby> <ruby>有<rt>あ</rt></ruby>る（有）
②	<ruby>一<rt>いち</rt></ruby>	名（數）一；第一，最初；最好	<ruby>類<rt></rt></ruby> <ruby>一<rt>ひと</rt></ruby>つ（一個）
③	<ruby>二<rt>に</rt></ruby>	名（數）二，兩個	<ruby>類<rt></rt></ruby> <ruby>二<rt>ふた</rt></ruby>つ（兩個）
④	<ruby>三<rt>さん</rt></ruby>	名（數）三；三個；第三；三次	<ruby>類<rt></rt></ruby> <ruby>三<rt>みっ</rt></ruby>つ（三個）
⑤	<ruby>四<rt>し</rt></ruby>／<ruby>四<rt>よん</rt></ruby>	名（數）四；四個；四次（後接「時（じ）、時間（じかん）」時，則唸「四」（よ））	<ruby>類<rt></rt></ruby> <ruby>四<rt>よっ</rt></ruby>つ（四個）
⑥	<ruby>五<rt>ご</rt></ruby>	名（數）五	<ruby>類<rt></rt></ruby> <ruby>五<rt>いつ</rt></ruby>つ（五個）
⑦	<ruby>六<rt>ろく</rt></ruby>	名（數）六；六個	<ruby>類<rt></rt></ruby> <ruby>六<rt>むっ</rt></ruby>つ（六個）
⑧	<ruby>七<rt>しち</rt></ruby>／<ruby>七<rt>なな</rt></ruby>	名（數）七；七個	<ruby>類<rt></rt></ruby> <ruby>七<rt>なな</rt></ruby>つ（七個）
⑨	<ruby>八<rt>はち</rt></ruby>	名（數）八；八個	<ruby>類<rt></rt></ruby> <ruby>八<rt>やっ</rt></ruby>つ（八個）
⑩	<ruby>九<rt>きゅう</rt></ruby>／<ruby>九<rt>く</rt></ruby>	名（數）九；九個	<ruby>類<rt></rt></ruby> <ruby>九<rt>ここの</rt></ruby>つ（九個）
⑪	<ruby>十<rt>じゅう</rt></ruby>	名（數）十；第十	<ruby>類<rt></rt></ruby> <ruby>十<rt>とお</rt></ruby>（十個）
⑫	<ruby>百<rt>ひゃく</rt></ruby>	名（數）一百；一百歲	
⑬	<ruby>千<rt>せん</rt></ruby>	名（數）（一）千；形容數量之多	
⑭	<ruby>万<rt>まん</rt></ruby>	名（數）萬	

答案　① ゼロ　② <ruby>一<rt>いち</rt></ruby>　③ <ruby>二<rt>に</rt></ruby>　④ <ruby>三<rt>さん</rt></ruby>
　　　⑤ <ruby>四<rt>よん</rt></ruby>　⑥ <ruby>五<rt>ご</rt></ruby>　⑦ <ruby>六<rt>ろく</rt></ruby>　⑧ <ruby>七<rt>しち</rt></ruby>

2 引<ruby>引<rt>ひ</rt></ruby>く 2は＿＿＿＿＿です。
2減2等於0。

<ruby>日本語<rt>にほんご</rt></ruby>は＿＿＿＿＿から <ruby>勉強<rt>べんきょう</rt></ruby>しました。
從頭開始學日語。

＿＿＿＿＿<ruby>階<rt>かい</rt></ruby>に <ruby>台所<rt>だいどころ</rt></ruby>が あります。
2樓有廚房。

＿＿＿＿＿<ruby>時<rt>じ</rt></ruby>ごろ <ruby>友達<rt>ともだち</rt></ruby>が <ruby>家<rt>いえ</rt></ruby>へ <ruby>遊<rt>あそ</rt></ruby>びに <ruby>来<rt>き</rt></ruby>ました。
三點左右朋友來家裡來玩。

<ruby>昨日<rt>きのう</rt></ruby>＿＿＿＿＿<ruby>時間<rt>じかん</rt></ruby> <ruby>勉強<rt>べんきょう</rt></ruby>しました。
昨天唸了4個小時的書。

<ruby>八百屋<rt>やおや</rt></ruby>で リンゴを＿＿＿＿＿<ruby>個<rt>こ</rt></ruby> <ruby>買<rt>か</rt></ruby>いました。
在蔬果店買了五顆蘋果。

<ruby>明日<rt>あした</rt></ruby>の <ruby>朝<rt>あさ</rt></ruby>、＿＿＿＿＿<ruby>時<rt>じ</rt></ruby>に <ruby>起<rt>お</rt></ruby>きますから もう <ruby>寝<rt>ね</rt></ruby>ます。
明天早上六點要起床，所以我要睡了。

いつもは＿＿＿＿＿<ruby>時<rt>じ</rt></ruby>ごろまで <ruby>仕事<rt>しごと</rt></ruby>を します。
平常總是工作到七點左右。

<ruby>毎朝<rt>まいあさ</rt></ruby>＿＿＿＿＿<ruby>時<rt>じ</rt></ruby>ごろ <ruby>家<rt>いえ</rt></ruby>を <ruby>出<rt>で</rt></ruby>ます。
每天早上都八點左右出門。

<ruby>子<rt>こ</rt></ruby>どもたちは＿＿＿＿＿<ruby>時<rt>じ</rt></ruby>ごろに <ruby>寝<rt>ね</rt></ruby>ます。
小朋友們大約九點上床睡覺。

<ruby>山田<rt>やまだ</rt></ruby>さんは <ruby>兄弟<rt>きょうだい</rt></ruby>が＿＿＿＿＿<ruby>人<rt>にん</rt></ruby>も います。
山田先生的兄弟姊妹有10人之多。

<ruby>瓶<rt>びん</rt></ruby>の <ruby>中<rt>なか</rt></ruby>に <ruby>五<rt>ご</rt></ruby>＿＿＿＿＿<ruby>円玉<rt>えんだま</rt></ruby>が＿＿＿＿＿<ruby>個<rt>こ</rt></ruby> <ruby>入<rt>はい</rt></ruby>って いる。
瓶子裡裝了百枚的五百元日圓。

その <ruby>本<rt>ほん</rt></ruby>は＿＿＿＿＿ページ あります。
那本書有一千頁。

ここには 120＿＿＿＿＿<ruby>ぐ<rt>ひゃくにじゅう</rt></ruby>らいの <ruby>人<rt>ひと</rt></ruby>が <ruby>住<rt>す</rt></ruby>んで います。
約有120萬人住在這裡。

⑨ <ruby>八<rt>はち</rt></ruby>　　　　⑩ <ruby>九<rt>く</rt></ruby>　　　　⑪ <ruby>十<rt>じゅう</rt></ruby>
⑫ <ruby>百<rt>ひゃく</rt></ruby>、<ruby>百<rt>ひゃっ</rt></ruby>　　⑬ <ruby>千<rt>せん</rt></ruby>　　⑭ <ruby>万<rt>まん</rt></ruby>

3 數字（二）

①	<ruby>一<rt>ひと</rt></ruby>つ	名 （數）一；一個；一歲	類 <ruby>一個<rt>いっこ</rt></ruby>（一個）
②	<ruby>二<rt>ふた</rt></ruby>つ	名 （數）二；兩個；兩歲	類 <ruby>二個<rt>にこ</rt></ruby>（兩個）
③	<ruby>三<rt>みっ</rt></ruby>つ	名 （數）三；三個；三歲	類 <ruby>三個<rt>さんこ</rt></ruby>（三個）
④	<ruby>四<rt>よっ</rt></ruby>つ	名 （數）四個；四歲	類 <ruby>四個<rt>よんこ</rt></ruby>（四個）
⑤	<ruby>五<rt>いつ</rt></ruby>つ	名 （數）五個；五歲；第五（個）	類 <ruby>五個<rt>ごこ</rt></ruby>（五個）
⑥	<ruby>六<rt>むっ</rt></ruby>つ	名 （數）六；六個；六歲	類 <ruby>六個<rt>ろっこ</rt></ruby>（六個）
⑦	<ruby>七<rt>なな</rt></ruby>つ	名 （數）七個；七歲	類 <ruby>七個<rt>ななこ</rt></ruby>（七個）
⑧	<ruby>八<rt>やっ</rt></ruby>つ	名 （數）八；八個；八歲	類 <ruby>八個<rt>はっこ</rt></ruby>（八個）
⑨	<ruby>九<rt>ここの</rt></ruby>つ	名 （數）九個；九歲	類 <ruby>九個<rt>きゅうこ</rt></ruby>（九個）
⑩	<ruby>十<rt>とお</rt></ruby>	名 （數）十；十個；十歲	類 <ruby>十個<rt>じゅっこ</rt></ruby>（十個）
⑪	<ruby>幾<rt>いく</rt></ruby>つ	名 （不確定的個數，年齡）幾個，多少；幾歲	類 <ruby>何個<rt>なんこ</rt></ruby>（多少個）
⑫	<ruby>二十歲<rt>はたち</rt></ruby>	名 二十歲	類 <ruby>20歲<rt>にじゅっさい</rt></ruby>（二十歲）

答案 ① <ruby>一<rt>ひと</rt></ruby>つ ② <ruby>二<rt>ふた</rt></ruby>つ ③ <ruby>三<rt>みっ</rt></ruby>つ ④ <ruby>四<rt>よっ</rt></ruby>つ
⑤ <ruby>五<rt>いつ</rt></ruby>つ ⑥ <ruby>六<rt>むっ</rt></ruby>つ／<ruby>六<rt>むっ</rt></ruby>つ ⑦ <ruby>七<rt>なな</rt></ruby>つ

間違った ところは＿＿＿＿＿＿しかない。
只有一個地方錯了。

黒い ボタンは＿＿＿＿＿＿ありますが、どちらを 押しますか。
有兩顆黑色的按鈕，要按哪邊的？

りんごを＿＿＿＿＿＿ ください。
請給我三顆蘋果。

今日は＿＿＿＿＿薬を 出します。ご飯の 後に 飲んで ください。
我今天開了四顆藥，請飯後服用。

日曜日は 息子の＿＿＿＿＿＿の 誕生日です。
星期日是我兒子的五歲生日。

四つ、五つ、＿＿＿＿＿＿。全部で＿＿＿＿＿＿あります。
四個、五個、六個。總共是六個。

コップは＿＿＿＿＿＿ ください。
請給我七個杯子。

アイスクリーム、全部で＿＿＿＿＿＿ですね。
一共八個冰淇淋是吧。

うちの 子は＿＿＿＿＿＿に なりました。
我家小孩九歲了。

うちの 太郎は 来月＿＿＿＿＿＿に なります。
我家太郎下個月滿十歲。

りんごは＿＿＿＿＿＿ありますか。
有幾顆蘋果呢？

私は＿＿＿＿＿＿で 子どもを 生んだ。
我二十歲就生了孩子。

⑧ 八つ　　　⑨ 九つ　　　⑩ 十
⑪ 幾つ　　　⑫ 二十歳

Part1

4 ｜ 星期

CD1-4

1 にちようび 日曜日	名 星期日	類 にちよう 日曜（週日）
2 げつようび 月曜日	名 星期一	類 げつよう 月曜（週一）
3 かようび 火曜日	名 星期二	類 かよう 火曜（週二）
4 すいようび 水曜日	名 星期三	類 すいよう 水曜（週三）
5 もくようび 木曜日	名 星期四	類 もくよう 木曜（週四）
6 きんようび 金曜日	名 星期五	類 きんよう 金曜（週五）
7 どようび 土曜日	名 星期六	類 どよう 土曜（週六）
8 せんしゅう 先週	名 上個星期，上週	類 ぜんしゅう 前週（上週）
9 こんしゅう 今週	名 這個星期，本週	類 この週 この週（本週）
10 らいしゅう 来週	名 下星期	類 じしゅう 次週（下週）
11 まいしゅう 毎週	名 每個星期，每週，每個禮拜	類 いっしゅうかん 1 週間ごと（毎星期）
12 しゅうかん ～週間	名・接尾 ~週，~星期	類 しゅう 週（～週）
13 たんじょうび 誕生日	名 生日	類 バースデー （birthday／生日）

答案　① にちようび 日曜日　② げつようび 月曜日　③ かようび 火曜日　④ すいようび 水曜日
⑤ もくようび 木曜日　⑥ きんようび 金曜日　⑦ どようび 土曜日

34

_____の 公園は 人が 大勢 います。
禮拜天的公園有很多人。

来週の_____の 午後 3時に、駅で 会いましょう。
下禮拜一的下午三點，我們約在車站見面吧。

_____に 600円 返します。
星期二我會還你600日圓。

月曜日か_____に テストが あります。
星期一或星期三有小考。

今月の 七日は_____です。
這個月的七號是禮拜四。

来週の_____友達と 出かける つもりです。
下週五我打算跟朋友出去。

先週の_____は とても 楽しかったです。
上禮拜六玩得很高興。

_____の 水曜日は 20日です。
上週三是20號。

_____は 80時間も 働きました。
這一週工作了80個小時之多。

それでは、また_____。
那麼，下週見。

_____日本に いる 彼に メールを 書きます。
每個禮拜都寫e-mail給在日本的男友。

一_____に 一回ぐらい 家族に 電話を かけます。
我大約一個禮拜打一次電話給家人。

おばあさんの_____は 十月です。
奶奶的生日在十月。

⑧ 先週　　　　⑨ 今週　　　　⑩ 来週
⑪ 毎週　　　　⑫ 週間　　　　⑬ 誕生日

5 ｜ 日期

① ついたち 一日	名 （毎月）一號，初一	類 いちにちかん 1 日間（一天）
② ふつか 二日	名 （毎月）二號，二日；兩天；第二天	類 ににちかん 2 日間（兩天）
③ みっか 三日	名 （毎月）三號；三天	類 さんにちかん 3 日間（三天）
④ よっか 四日	名 （毎月）四號，四日；四天	類 よにちかん 4 日間（四天）
⑤ いつか 五日	名 （毎月）五號，五日；五天	類 ごにちかん 5 日間（五天）
⑥ むいか 六日	名 （毎月）六號，六日；六天	類 ろくにちかん 6 日間（六天）
⑦ なのか 七日	名 （毎月）七號；七日，七天	類 なのにちかん 7 日間（七天）
⑧ ようか 八日	名 （毎月）八號，八日；八天	類 はちにちかん 8 日間（八天）
⑨ ここのか 九日	名 （毎月）九號，九日；九天	類 きゅうにちかん 9 日間（九天）
⑩ とおか 十日	名 （毎月）十號，十日；十天	類 じゅうにちかん 10 日間（十天）
⑪ はつか 二十日	名 （毎月）二十日；二十天	類 にじゅうにちかん 20 日間（二十天）
⑫ いちにち 一日	名 一天，終日；一整天；（毎月的）一號（ついたち）	類 しゅうじつ 終日（一整天）
⑬ カレンダー 【calendar】	名 日曆；全年記事表	類 こよみ（日曆）

答案　① ついたち 一日　② ふつか 二日　③ みっか 三日　④ よっか 四日
　　　⑤ いつか 五日　⑥ むいか 六日　⑦ なのか 七日

仕事は　七月＿＿＿＿＿から　始まります。
從七月一號開始工作。

＿＿＿＿＿からは　雨に　なりますね。
二號後會開始下雨。

＿＿＿＿＿から　寒く　なりますよ。
三號起會變冷喔。

一日から＿＿＿＿＿まで　旅行に　出かけます。
一號到四號要出門旅行。

一ヶ月に＿＿＿＿＿ぐらい　走ります。
我一個月跑步五天。

＿＿＿＿＿は　何時まで　仕事を　しますか。
你六號要工作到幾點？

七月＿＿＿＿＿は　七夕祭りです。
七月七號是七夕祭典。

今日は　四日ですか。＿＿＿＿＿ですか。
今天是四號？還是八號？

＿＿＿＿＿誕生日だったから　家族と　パーティーを　しました。
九號是我的生日，所以和家人辦了慶祝派對。

＿＿＿＿＿の　日曜日　どこか　行きますか。
十號禮拜日你有打算去哪裡嗎？

＿＿＿＿＿の　天気は　どうですか。
二十號的天氣如何？

今日は＿＿＿＿＿中　暑かったです。
今天一整天都很熱。

きれいな　写真の＿＿＿＿＿ですね。
好漂亮的相片日曆喔！

⑧ 八日　　　　　⑨ 九日　　　　　⑩ 十日
⑪ 二十日　　　　⑫ 一日　　　　　⑬ カレンダー

37

6 顔色

CD1-6

①	あお 青い	形 藍色的；綠的	類 ブルー （blue／藍色）
②	あか 赤い	形 紅色的	類 レッド （red／紅色）
③	き いろ 黄色い	形 黄色，黄色的	類 イエロー （yellow／黄色）
④	くろ 黒い	形 黑色的，褐色；骯 髒；黑暗	類 ブラック（black／黑色） 對 しろ 白い（白色的）
⑤	しろ 白い	形 白色的；空白；乾 淨，潔白	類 ホワイト（white／白色） 對 くろ 黒い（黑色的）
⑥	ちゃ いろ 茶色	名 茶色	類 ブラウン （brown／棕色）
⑦	みどり 緑	名 綠色	類 グリーン （green／綠色）
⑧	いろ 色	名 顔色，彩色	類 カラー （color／顔色）

答案　① あお
青い　② あか
赤い　③ き いろ
黄色い　④ くろ
黒い
⑤ しろ
白い　⑥ ちゃいろ
茶色　⑦ みどり
緑　⑧ いろ
色

＿＿＿＿＿＿野菜_{やさい}を　たくさん　食_たべましょう。
多吃點綠色蔬菜吧。

＿＿＿＿＿＿トマトが　おいしいですよ。
紅色的蕃茄很好吃喔。

私_{わたし}の　かばんは　あの＿＿＿＿＿＿のです。
我的包包是那個黃色的。

猫_{ねこ}も　犬_{いぬ}も＿＿＿＿＿＿です。
貓跟狗都是黑色的。

山田_{やまだ}さんは＿＿＿＿＿＿帽子_{ぼうし}を　かぶって　います。
山田先生戴著白色的帽子。

山田_{やまだ}さんは＿＿＿＿＿＿の　髪_{かみ}の　毛_けを　して　います。
山田小姐是咖啡色的頭髮。

＿＿＿＿＿＿の　ボタンを　押_おすと　ドアが　開_{ひら}きます。
按下綠色按鈕門就會打開。

公園_{こうえん}に　いろいろな＿＿＿＿＿＿の　花_{はな}が　咲_さいて　います。
公園裡開著各種顏色的花朵。

我一輩子都不會忘記這
是什麼顏色的狗～

7 ｜ 量詞

①	〜階^{かい}	接尾 （樓房的）〜樓，層	類 階段^{かいだん}（樓梯）
②	〜回^{かい}	名・接尾 〜回，次數	類 回数^{かいすう}（次數）
③	〜個^こ	接尾 〜個	類 箇^か（個）
④	〜歳^{さい}	接尾 〜歲	類 才^{さい}（歲）
⑤	〜冊^{さつ}	接尾 〜本，〜冊	
⑥	〜台^{だい}	接尾 〜台，〜輛，〜架	
⑦	〜人^{にん}	接尾 〜人	類 ひと（人）
⑧	〜杯^{はい}	接尾 〜杯	
⑨	〜番^{ばん}	接尾 （表示順序）第〜，〜號	類 順番^{じゅんばん}（順序）
⑩	〜匹^{ひき}	接尾 （鳥，蟲，魚，獸）〜匹，〜頭，〜條，〜隻	
⑪	ページ【page】	名・接尾 〜頁	類 丁付^{ちょうづ}け（頁碼）
⑫	〜本^{ほん}	接尾 （計算細長的物品）〜枝，〜棵，〜瓶，〜條	
⑬	〜枚^{まい}	接尾 （計算平薄的東西）〜張，〜片，〜幅，〜扇	

CD1-7

1	～階_{かい}	（樓房的）～樓，層
2	～回_{かい}	～回，次數
3	～個_こ	～個
4	～歳_{さい}	～歳
5	～冊_{さつ}	～本，～冊
6	～台_{だい}	～台，～輛，～架
7	～人_{にん}	～人
8	～杯_{はい}	～杯
9	～番_{ばん}	（表示順序）第～，～號
10	～匹_{ひき}	（鳥，蟲，魚，獸）～匹，～頭，～條，～隻
11	ページ【page】	～頁
12	～本_{ほん}	（計算細長的物品）～支，～棵，～瓶，～條
13	～枚_{まい}	（計算平薄的東西）～張，～片，～幅，～扇

答案　1 ～階_{かい}　　2 ～回_{かい}　　3 ～個_こ　　4 ～歳_{さい}

　5 ～冊_{さつ}　　6 ～台_{だい}　　7 ～人_{にん}

本屋は 5_____の エレベーターの 前に あります。
書店位在 5 樓的電梯前面。

1日に 3_____薬を 飲みます。
一天吃三次藥。

冷蔵庫に たまごが 3_____あります。
冰箱裡有三個雞蛋。

日本では 6_____で 小学校に 入ります。
在日本，六歲就上小學了。

雑誌2_____と ビールを 買いました。
我賣了 2 本雜誌跟一瓶啤酒。

今日は テレビを 一_____買った。
今天買了一台電視。

昨日 四_____の 先生に 電話を かけました。
昨天我打電話給四位老師。

コーヒーを 一_____いかがですか。
請問要喝杯咖啡嗎？

8_____の 方、どうぞ 入って ください。
8 號的客人請進。

庭に 犬 2_____と 猫 1_____が います。
院子裡有 2 隻狗和 1 隻貓。

今日は 雑誌を 10_____読みました。
今天看了 10 頁的雜誌。

鉛筆が 一_____あります。
有一支鉛筆。

切符を 二_____買いました。
我買了兩張票。

| ⑧ 杯 | ⑨ 番 | ⑩ 匹／匹 |
| ⑪ ページ | ⑫ 本 | ⑬ 枚 |

43

Part2

1 身體部位

1	あたま 頭	名 頭；（物體的上部）頂；頭髮	類 かしら（腦袋）
2	かお 顔	名 臉，面孔；面子，顏面	類 フェス（face／臉）
3	みみ 耳	名 耳朵	類 耳朵^{じだ}（耳朵）
4	め 目	名 眼睛；眼珠，眼球	類 瞳^{ひとみ}（瞳孔）
5	はな 鼻	名 鼻子	類 ノーズ（nose／鼻子）
6	くち 口	名 口，嘴巴	類 マウス（mouth／口）
7	は 歯	名 牙齒	類 虫歯^{むしば}（蛀牙）
8	て 手	名 手，手掌；胳膊	類 ハンド（hand／手） 對 足^{あし}（腳）
9	なか お腹	名 肚子；腸胃	類 腹^{はら}（腹部）
10	あし 足	名 腿；腳；（器物的）腿	對 手^て（手）
11	からだ 体	名 身體；體格	類 身体^{しんたい}（身體）
12	せい 背	名 身高，身材	類 背^せ（背部）
13	こえ 声	名 （人或動物的）聲音，語音	類 音^{おと}（〈物體的〉聲音）

Part2

1 <ruby>頭<rt>あたま</rt></ruby>	頭；（物體的上部）頂；頭髮
2 <ruby>顔<rt>かお</rt></ruby>	臉，面孔；面子，顏面
3 <ruby>耳<rt>みみ</rt></ruby>	耳朵
4 <ruby>目<rt>め</rt></ruby>	眼睛；眼珠，眼球
5 <ruby>鼻<rt>はな</rt></ruby>	鼻子
6 <ruby>口<rt>くち</rt></ruby>	口，嘴巴
7 <ruby>歯<rt>は</rt></ruby>	牙齒
8 <ruby>手<rt>て</rt></ruby>	手，手掌；胳膊
9 お<ruby>腹<rt>なか</rt></ruby>	肚子；腸胃
10 <ruby>足<rt>あし</rt></ruby>	腿；腳；（器物的）腿
11 <ruby>体<rt>からだ</rt></ruby>	身體；體格
12 <ruby>背<rt>せい</rt></ruby>	身高，身材
13 <ruby>声<rt>こえ</rt></ruby>	（人或動物的）聲音，語音

答案
1 <ruby>頭<rt>あたま</rt></ruby> 2 <ruby>顔<rt>かお</rt></ruby> 3 <ruby>耳<rt>みみ</rt></ruby> 4 <ruby>目<rt>め</rt></ruby>
5 <ruby>鼻<rt>はな</rt></ruby> 6 <ruby>口<rt>くち</rt></ruby> 7 <ruby>歯<rt>は</rt></ruby>

私は 風邪で＿＿＿＿＿＿が 痛いです。
我因為感冒所以頭很痛。

＿＿＿＿＿＿が 赤く なりました。
臉紅了。

木曜日から＿＿＿＿＿＿が 痛いです。
禮拜四以來耳朵就很痛。

あの 人は＿＿＿＿＿＿が きれいです。
那個人的眼睛很漂亮。

赤ちゃんの 小さい＿＿＿＿＿＿が かわいいです。
小嬰兒的小鼻子很可愛。

＿＿＿＿＿＿を 大きく 開けて。風邪ですね。
張大嘴巴。你感冒了喲。

よる＿＿＿＿＿＿を 磨いてから 寝ます。
晚上刷牙齒後再睡覺。

＿＿＿＿＿＿を きれいに して ください。
請把手弄乾淨。

もう お昼です。＿＿＿＿＿＿が 空きましたね。
已經中午了。肚子餓扁了呢。

私の 犬は＿＿＿＿＿＿が 白い。
我的狗狗腳是白色的。

＿＿＿＿＿＿を きれいに 洗って ください。
請將身體洗乾淨。

母は＿＿＿＿＿＿が 高いですが、父は 低いです。
媽媽個子很高，爸爸很矮。

大きな＿＿＿＿＿＿で 言って ください。
請大聲說。

⑧ 手
て

⑨ お腹
なか

⑩ 足
あし

⑪ 体
からだ

⑫ 背
せい

⑬ 声
こえ

2 家族（一）

①	お祖父さん （お　じ　い）	名 祖父；外公；（對一般老年男子的稱呼）爺爺	類 祖父（祖父） （そ　ふ）
②	お祖母さん （お　ば　あ）	名 祖母；外祖母；（對一般老年婦女的稱呼）老婆婆	類 祖母（祖母） （そ　ぼ）
③	お父さん （お　とう）	名 （"父"的敬稱）爸爸，父親；您父親，令尊	類 父（家父） （ちち） 對 お母さん（令堂） （か　あ）
④	父 （ちち）	名 家父，爸爸，父親	類 パパ（papa／爸爸） 對 母（家母） （はは）
⑤	お母さん （お　かあ）	名 （"母"的敬稱）媽媽，母親；您母親，令堂	類 母（家母） （はは） 對 お父さん（令尊） （とう）
⑥	母 （はは）	名 家母，媽媽，母親	類 ママ（mama／媽媽） 對 父（家父） （ちち）
⑦	お兄さん （お　にい）	名 哥哥（"兄"的鄭重說法）	類 兄（家兄） （あに） 對 お姉さん（姉姉） （ね　え）
⑧	兄 （あに）	名 哥哥，家兄；姐夫	類 お兄さん（哥哥） （にい） 對 姉（家姉） （あね）
⑨	お姉さん （お　ねえ）	名 姉姉（"姉"的鄭重說法）	類 姉（家姉） （あね） 對 お兄さん（哥哥） （にい）
⑩	姉 （あね）	名 姉姉，家姉；嫂子	類 お姉さん（令姉） （ね　え） 對 兄（家兄） （あに）
⑪	弟 （おとうと）	名 弟弟（鄭重說法是"弟さん"）	類 弟さん（令弟） （おとうと） 對 妹（妹妹） （いもうと）
⑫	妹 （いもうと）	名 妹妹（鄭重說法是"妹さん"）	類 妹さん（令妹） （いもうと） 對 弟（弟弟） （おとうと）
⑬	伯父さん／叔父さん （お　じ）　（お　じ）	名 （敬稱）伯伯，叔叔，舅舅，姨丈，姑丈	類 おじ（叔叔） 對 おば（姨媽）
⑭	伯母さん／叔母さん （お　ば）　（お　ば）	名 （敬稱）姨媽，嬸嬸，姑媽，伯母，舅媽	類 おば（姨媽） 對 おじ（叔叔）

⑭ 伯母さん／叔母さん

① お祖父さん

② お祖母さん

⑫ 妹

⑤ お母さん

⑪ 弟

③ お父さん

⑬ 伯父さん／叔父さん

⑦ お兄さん

⑧ 兄

④ 父　⑥ 母

⑨ お姉さん

⑩ 姉

49

① お祖父さん	祖父；外公；（對一般老年男子的稱呼）爺爺
② お祖母さん	祖母；外祖母；（對一般老年婦女的稱呼）老婆婆
③ お父さん	（"父"的敬稱）爸爸，父親；您父親，令尊
④ 父	家父，爸爸，父親
⑤ お母さん	（"母"的敬稱）媽媽，母親；您母親，令堂
⑥ 母	家母，媽媽，母親
⑦ お兄さん	哥哥（"兄"的鄭重說法）
⑧ 兄	哥哥，家兄；姐夫
⑨ お姉さん	姊姊（"姉"的鄭重說法）
⑩ 姉	姊姊，家姊；嫂子
⑪ 弟	弟弟（鄭重說法是"弟さん"）
⑫ 妹	妹妹（鄭重說法是"妹さん"）
⑬ 伯父さん／叔父さん	伯伯，叔叔，舅舅，姨丈，姑丈
⑭ 伯母さん／叔母さん	姨媽，嬸嬸，姑媽，伯母，舅媽

答案　① お祖父さん　　② お祖母さん　　③ お父さん　　④ 父
　　　⑤ お母さん　　⑥ 母　　⑦ お兄さん

鈴木さんの＿＿＿＿＿＿は どの 人ですか。
鈴木先生的爺爺是哪一位呢？

私の＿＿＿＿＿＿は 十月に 生まれました。
我奶奶是十月生的。

＿＿＿＿＿＿は 庭に いましたか。
令尊有在庭院嗎？

八日から 十日まで＿＿＿＿＿＿と 旅行しました。
八號到十號我和爸爸一起去旅行。

あれは＿＿＿＿＿＿が 洗濯した 服です。
那是母親洗好的衣服。

田舎の＿＿＿＿＿＿から 電話が 来た。
鄉下的媽媽打了電話來。

どちらが＿＿＿＿＿＿の 本ですか。
哪一本書是哥哥的？

＿＿＿＿＿＿は 料理を して います。
哥哥正在做料理。

山田さんは＿＿＿＿＿＿と いっしょに 買い物に 行きました。
山田先生和姊姊一起去買東西了。

私の＿＿＿＿＿＿は 今年から 銀行に 勤めて います。
我姊姊今年開始在銀行服務。

私は 姉が 二人と＿＿＿＿＿＿が 二人 います。
我有兩個姊姊跟兩個弟弟。

公園で＿＿＿＿＿＿と 遊びます。
我和妹妹在公園玩。

＿＿＿＿＿＿は ６５歳です。
伯伯65歲了。

＿＿＿＿＿＿は 弁護士です。
我姑媽是律師。

---

⑧ 兄 あに
⑨ お姉さん ねえ
⑩ 姉 あね
⑪ 弟 おとうと
⑫ 妹 いもうと
⑬ 伯父さん おじ
⑭ 伯母さん おば

3 家族（二）

① りょうしん 両親	名 父母，雙親	類 親（雙親）
② きょうだい 兄弟	名 兄弟；兄弟姉妹；親 如兄弟的人	類 兄弟（兄弟姉妹） 對 姉妹（姉妹）
③ かぞく 家族	名 家人，家庭，親屬	類 身内 （家族，親戚）
④ しゅじん ご主人	名 （稱呼對方的）您的 先生，您的丈夫	類 主（一家之主） 對 奥さん（您的太太）
⑤ おく 奥さん	名 太太，尊夫人	類 妻（太太） 對 ご主人（您的丈夫）
⑥ じ ぶん 自分	名 自己，本人，自身	類 自身（自己） 對 相手（對方）
⑦ ひ と り 一人	名 一人；一個人；單獨 一個人	類 一人（一人）
⑧ ふ た り 二人	名 兩個人，兩人	類 二人（兩個人）
⑨ みな 皆さん	名 大家，各位	類 皆様（諸位）
⑩ いっしょ 一緒	名・自サ 一同，一起； （時間）一齊	類 共に（一起）
⑪ おおぜい 大勢	名 很多（人），衆多 （人）；（人數）很多	類 多人数（人數很多） 對 小勢（人數少）

答案　① りょうしん 両親　　② きょうだい 兄弟　　③ かぞく 家族　　④ しゅじん ご主人
　　　⑤ おく 奥さん　　⑥ じぶん 自分　　⑦ ひとり 一人

ご＿＿＿＿＿は　お元気ですか。
您父母親近來可好？

私は　女の＿＿＿＿＿が　四人　います。
我有四個姊妹。

日曜日、＿＿＿＿＿と　京都に　行きます。
星期日我要跟家人去京都。

＿＿＿＿＿の　お仕事は　何でしょうか。
請問您先生的工作是…？

＿＿＿＿＿、今日は　野菜が　安いよ。
太太，今天蔬菜很便宜喔。

料理は＿＿＿＿＿で　作りますか。
你自己下廚嗎？

私は　去年から＿＿＿＿＿で　東京に　住んで　います。
我從去年就一個人住在東京。

＿＿＿＿＿は、ここの　焼肉が　好きですか。
你們兩人喜歡這裡的燒肉嗎？

え～、＿＿＿＿＿よく　聞いて　ください。
咳！大家聽好了。

明日＿＿＿＿＿に　映画を　見ませんか。
明天要不要一起看場電影啊？

部屋には　人が＿＿＿＿＿いて　暑いです。
房間裡有好多人，很熱。

8 二人　　　　　9 皆さん　　　　10 一緒
11 大勢

53

①	<ruby>貴方<rt>あなた</rt></ruby>	**代** （對長輩或平輩尊稱）你，您；（妻子叫先生）老公	**類** <ruby>君<rt>きみ</rt></ruby>（妳／你） **對** <ruby>私<rt>わたし</rt></ruby>（我）
②	<ruby>私<rt>わたし</rt></ruby>	**名** 我（謙遜的說法 "わたくし"）	**類** わたくし（我） **對** あなた（你／妳）
③	<ruby>男<rt>おとこ</rt></ruby>	**名** 男性，男子，男人	**類** <ruby>男性<rt>だんせい</rt></ruby>（男性） **對** <ruby>女<rt>おんな</rt></ruby>（女人）
④	<ruby>女<rt>おんな</rt></ruby>	**名** 女人，女性，婦女	**類** <ruby>女性<rt>じょせい</rt></ruby>（女性） **對** <ruby>男<rt>おとこ</rt></ruby>（男人）
⑤	<ruby>男<rt>おとこ</rt></ruby>の<ruby>子<rt>こ</rt></ruby>	**名** 男孩子；年輕小伙子	**類** <ruby>男児<rt>だんじ</rt></ruby>（男孩） **對** <ruby>女<rt>おんな</rt></ruby>の<ruby>子<rt>こ</rt></ruby>（女孩）
⑥	<ruby>女<rt>おんな</rt></ruby>の<ruby>子<rt>こ</rt></ruby>	**名** 女孩子；少女	**類** <ruby>女児<rt>じょじ</rt></ruby>（女孩） **對** <ruby>男<rt>おとこ</rt></ruby>の<ruby>子<rt>こ</rt></ruby>（男孩）
⑦	<ruby>大人<rt>おとな</rt></ruby>	**名** 大人，成人	**類** <ruby>成人<rt>せいじん</rt></ruby>（成年人） **對** <ruby>子供<rt>こども</rt></ruby>（小孩子）
⑧	<ruby>子供<rt>こども</rt></ruby>	**名** 自己的兒女；小孩，孩子，兒童	**類** <ruby>児童<rt>じどう</rt></ruby>（兒童） **對** <ruby>大人<rt>おとな</rt></ruby>（大人）
⑨	<ruby>外国人<rt>がいこくじん</rt></ruby>	**名** 外國人	**類** <ruby>外人<rt>がいじん</rt></ruby>（外國人） **對** <ruby>邦人<rt>ほうじん</rt></ruby>（本國人）
⑩	<ruby>友達<rt>ともだち</rt></ruby>	**名** 朋友，友人	**類** <ruby>友人<rt>ゆうじん</rt></ruby>（朋友）
⑪	<ruby>人<rt>ひと</rt></ruby>	**名** 人，人類	**類** <ruby>人間<rt>にんげん</rt></ruby>（人類）
⑫	<ruby>方<rt>かた</rt></ruby>	**接尾** 位，人（"人"的敬稱）	
⑬	<ruby>方<rt>がた</rt></ruby>	**接尾** （前接人稱代名詞，表對複數的敬稱）們，各位	
⑭	さん	**接尾** （接在人名，職稱後表敬意或親切）～先生，～小姐	**類** <ruby>様<rt>さま</rt></ruby>（～先生，小姐）

答案
- ① あなた
- ② <ruby>私<rt>わたし</rt></ruby>
- ③ <ruby>男<rt>おとこ</rt></ruby>
- ④ <ruby>女<rt>おんな</rt></ruby>
- ⑤ <ruby>男<rt>おとこ</rt></ruby>の<ruby>子<rt>こ</rt></ruby>
- ⑥ <ruby>女<rt>おんな</rt></ruby>の<ruby>子<rt>こ</rt></ruby>
- ⑦ <ruby>大人<rt>おとな</rt></ruby>

＿＿＿＿＿＿＿＿の お住まいは どちらですか。
你府上哪裡呢？

＿＿＿＿＿＿＿＿の ケーキを 食べないで ください。
請不要吃我的蛋糕。

私は＿＿＿＿＿＿＿＿の 兄弟が 三人 います。
我有三個（男的）兄弟。

＿＿＿＿＿＿＿＿の 人は 何と 言いましたか。
女人說了些什麼？

あそこに＿＿＿＿＿＿＿＿が います。
那邊有個小男生。

その＿＿＿＿＿＿＿＿は 昨日 ここに 来ました。
那個小女生昨天有來這裡。

運賃は＿＿＿＿＿＿＿＿500円、子ども 300円です。
票價大人是500日圓，小孩是300日圓。

＿＿＿＿＿＿＿＿に 外国の お金を 見せました。
給小孩子看了外國的錢幣。

日本語を 勉強する＿＿＿＿＿＿＿＿が 多く なった。
學日語的外國人變多了。

＿＿＿＿＿＿＿＿と 電話で 話しました。
我和朋友通了電話。

どの＿＿＿＿＿＿＿＿が 田中さんですか。
哪位是田中先生？

山田さんは とても いい＿＿＿＿＿＿＿＿ですね。
山田先生人非常地好。

先生＿＿＿＿＿＿＿＿。
各位老師。

林＿＿＿＿＿＿＿＿は 面白くて いい 人です。
林先生人又風趣，個性又好。

⑧ 子供
⑨ 外国人
⑩ 友達
⑪ 人
⑫ 方
⑬ 方
⑭ さん

5 | 清新的大自然

①	<ruby>空<rt>そら</rt></ruby>	名 天空，空中；天氣	類 <ruby>青空<rt>あおぞら</rt></ruby>（青空）
②	<ruby>山<rt>やま</rt></ruby>	名 山；一大堆，成堆如山	類 <ruby>山岳<rt>さんがく</rt></ruby>（山脈）
③	<ruby>川<rt>かわ</rt></ruby>／<ruby>河<rt>かわ</rt></ruby>	名 河川，河流	類 <ruby>河川<rt>かせん</rt></ruby>（河川）
④	<ruby>海<rt>うみ</rt></ruby>	名 海，海洋	類 <ruby>海洋<rt>かいよう</rt></ruby>（海洋） 對 <ruby>陸<rt>りく</rt></ruby>（陸地）
⑤	<ruby>岩<rt>いわ</rt></ruby>	名 岩石	類 <ruby>岩石<rt>がんせき</rt></ruby>（岩石）
⑥	<ruby>木<rt>き</rt></ruby>	名 樹，樹木；木材	類 <ruby>樹木<rt>じゅもく</rt></ruby>（樹木）
⑦	<ruby>鳥<rt>とり</rt></ruby>	名 鳥，禽類的總稱；雞	類 <ruby>小鳥<rt>ことり</rt></ruby>（小鳥）
⑧	<ruby>犬<rt>いぬ</rt></ruby>	名 狗	類 ドッグ（dog／狗）
⑨	<ruby>猫<rt>ねこ</rt></ruby>	名 貓	類 キャット（cat／貓）
⑩	<ruby>花<rt>はな</rt></ruby>	名 花	類 フラワー（flower／花）
⑪	<ruby>魚<rt>さかな</rt></ruby>	名 魚	類 <ruby>魚<rt>うお</rt></ruby>（魚）
⑫	<ruby>動物<rt>どうぶつ</rt></ruby>	名 （生物兩大類之一的）動物；（人類以外的）動物	類 <ruby>獣<rt>けだもの</rt></ruby>（野獸） 對 <ruby>植物<rt>しょくぶつ</rt></ruby>（植物）

Part2

🔘 CD1-12

①	<ruby>空<rt>そら</rt></ruby>	天空，空中；天氣
②	<ruby>山<rt>やま</rt></ruby>	山；一大堆，成堆如山
③	<ruby>川<rt>かわ</rt></ruby>／<ruby>河<rt>かわ</rt></ruby>	河川，河流
④	<ruby>海<rt>うみ</rt></ruby>	海，海洋
⑤	<ruby>岩<rt>いわ</rt></ruby>	岩石
⑥	<ruby>木<rt>き</rt></ruby>	樹，樹木；木材
⑦	<ruby>鳥<rt>とり</rt></ruby>	鳥，禽類的總稱；雞
⑧	<ruby>犬<rt>いぬ</rt></ruby>	狗
⑨	<ruby>猫<rt>ねこ</rt></ruby>	貓
⑩	<ruby>花<rt>はな</rt></ruby>	花
⑪	<ruby>魚<rt>さかな</rt></ruby>	魚
⑫	<ruby>動物<rt>どうぶつ</rt></ruby>	生物兩大類之一的動物；（人類以外的）動物

答案　❶ <ruby>空<rt>そら</rt></ruby>　❷ <ruby>山<rt>やま</rt></ruby>　❸ <ruby>川<rt>かわ</rt></ruby>　❹ <ruby>海<rt>うみ</rt></ruby>　❺ <ruby>岩<rt>いわ</rt></ruby>　❻ <ruby>木<rt>き</rt></ruby>　❼ <ruby>鳥<rt>とり</rt></ruby>

_____は 雲が 一つも ありませんでした。
天空沒有半朵雲。

この_____には 百本の 桜が あります。
這座山有一百棵櫻樹。

この_____には 魚が 多いです。
這條河有很多魚。

_____へ 泳ぎに 行きます。
去海邊游泳。

お寺の 近くに 大きな_____が あります。
寺廟的附近有塊大岩石。

_____の 下に 犬が います。
樹下有隻狗。

私の 家には_____が います。
我家有養鳥。

猫は 外で 遊びますが、_____は 遊びません。
貓咪會在外頭玩，可是狗不會。

_____は 黒く ないですが、犬は 黒いです。
貓不是黑色的，但狗是黑色的。

ここで_____を 買います。
在這裡買花。

_____が 川を 泳いで います。
魚兒在河中游著。

犬は_____です。
狗是動物。

---

⑧ 犬　　　　　⑨ 猫　　　　　⑩ 花

⑪ 魚　　　　　⑫ 動物

6 季節氣象

① 春 <small>はる</small>	名 春天，春季	類 春季（春天）<small>しゅんき</small>
② 夏 <small>なつ</small>	名 夏天，夏季	類 夏季（夏天）<small>かき</small>
③ 秋 <small>あき</small>	名 秋天，秋季	類 秋季（秋天）<small>しゅうき</small>
④ 冬 <small>ふゆ</small>	名 冬天，冬季	類 冬季（冬天）<small>とうき</small>
⑤ 風 <small>かぜ</small>	名 風	類 ウインド（wind／風）
⑥ 雨 <small>あめ</small>	名 雨	類 雨天（雨天）<small>うてん</small>
⑦ 雪 <small>ゆき</small>	名 雪	類 白雪（白雪）<small>しらゆき</small>
⑧ 天気 <small>てんき</small>	名 天氣；晴天，好天氣	類 天候（天氣）<small>てんこう</small>
⑨ 暑い <small>あつ</small>	形 （天氣）熱，炎熱	類 暑苦しい（悶熱的）<small>あつくる</small> 對 寒い（寒冷的）<small>さむ</small>
⑩ 寒い <small>さむ</small>	形 （天氣）寒冷	類 肌寒い（寒冷的）<small>はださむ</small> 對 暑い（炎熱的）<small>あつ</small>
⑪ 涼しい <small>すず</small>	形 涼爽，涼爽	類 冷ややか（冰冷的）<small>ひ</small> 對 暖かい（溫暖的）<small>あたた</small>
⑫ 曇る <small>くも</small>	自五 變陰；模糊不清（名詞形為「曇り」，陰天）	類 陰る（變陰）<small>かげ</small> 對 晴れる（天晴）<small>は</small>
⑬ 晴れる <small>は</small>	自下一 （天氣）晴，（雨，雪）停止，放晴	類 晴れ渡る（天氣轉晴）<small>は わた</small> 對 曇る（變陰）<small>くも</small>

1 春 <small>はる</small>

2 夏 <small>なつ</small>

20℃ 11 涼しい <small>すず</small>

5 風 <small>かぜ</small>

35℃ 9 暑い <small>あつ</small>

3 秋 <small>あき</small>

4 冬 <small>ふゆ</small>

7 雪 <small>ゆき</small>

6 雨 <small>あめ</small>

0℃ 10 寒い <small>さむ</small>

8 天気 <small>てんき</small>

V.S.

13 晴れる <small>は</small>

12 曇る <small>くも</small>

大家要注意保暖唷！

CD1-13

①	<ruby>春<rt>はる</rt></ruby>	春天，春季
②	<ruby>夏<rt>なつ</rt></ruby>	夏天，夏季
③	<ruby>秋<rt>あき</rt></ruby>	秋天，秋季
④	<ruby>冬<rt>ふゆ</rt></ruby>	冬天，冬季
⑤	<ruby>風<rt>かぜ</rt></ruby>	風
⑥	<ruby>雨<rt>あめ</rt></ruby>	雨
⑦	<ruby>雪<rt>ゆき</rt></ruby>	雪
⑧	<ruby>天気<rt>てんき</rt></ruby>	天氣；晴天，好天氣
⑨	<ruby>暑<rt>あつ</rt></ruby>い	（天氣）熱，炎熱
⑩	<ruby>寒<rt>さむ</rt></ruby>い	（天氣）寒冷
⑪	<ruby>涼<rt>すず</rt></ruby>しい	涼爽，涼爽
⑫	<ruby>曇<rt>くも</rt></ruby>る	變陰；模糊不清（名詞形為「曇り」，陰天）
⑬	<ruby>晴<rt>は</rt></ruby>れる	（天氣）晴，（雨，雪）停止，放晴

答案　① <ruby>春<rt>はる</rt></ruby>　② <ruby>夏<rt>なつ</rt></ruby>　③ <ruby>秋<rt>あき</rt></ruby>　④ <ruby>冬<rt>ふゆ</rt></ruby>
　　　⑤ <ruby>風<rt>かぜ</rt></ruby>　⑥ <ruby>雨<rt>あめ</rt></ruby>　⑦ <ruby>雪<rt>ゆき</rt></ruby>

_____には 大勢の 人が 花見に 来ます。
春天有很多人來賞花。

来年の_____は 外国へ 行きたいです
我明年夏天想到國外去。

_____は 涼しくて 食べ物も おいしいです。
秋天十分涼爽，食物也很好吃。

私は 夏も_____も 好きです。
夏天和冬天我都很喜歡。

今日は 強い_____が 吹いて います。
今天颳著強風。

昨日は_____が 降ったり 風が 吹いたり しました。
昨天又下雨又颳風。

あの 山には 一年中_____が あります。
那座山整年都下著雪。

今日は いい_____ですね。
今天天氣真好呀！

私の 国の 夏は、とても_____です。
我國夏天是非常炎熱。

私の 国の 冬は、とても_____です。
我國冬天非常寒冷。

今日は とても_____ですね。
今天非常涼爽呢。

明後日の 午前は 晴れますが、午後から_____に なります。
後天早上是晴天，從午後開始轉陰。

あしたは_____でしょう。
明天應該會放晴吧。

8 天気　　　9 暑い　　　10 寒い

11 涼しい　　　12 曇り　　　13 晴れる

1 身邊的物品

1	かばん 鞄	名 皮包，提包，公事包，書包	類 手提げ（提袋）
2	ぼうし 帽子	名 帽子	類 キャップ （cap／棒球帽）
3	ネクタイ【necktie】	名 領帶	類 タイ（tie／領帶）
4	ハンカチ 【handkerchief】	名 手帕	類 手拭い（擦手巾）
5	めがね 眼鏡	名 眼鏡	類 サングラス （sunglasses／太陽眼鏡）
6	さいふ 財布	名 錢包	類 札入れ（錢包）
7	たばこ 煙草	名 香煙；煙草	
8	はいざら 灰皿	名 煙灰缸	類 携帯灰皿 （攜帶型煙灰缸）
9	マッチ【match】	名 火柴；火材盒	類 ライター （lighter／打火機）
10	スリッパ【slipper】	名 拖鞋	類 上履き（室內拖鞋） 對 下履き（室外拖鞋）
11	くつ 靴	名 鞋子	類 シューズ（shoes／鞋子） 對 下駄（木屐）
12	はこ 箱	名 盒子，箱子，匣子	類 ボックス （box／盒子）
13	くつした 靴下	名 襪子	類 ストッキング （絲襪）

② 帽子（ぼうし）

哇喔這帽子真不錯！

③ ネクタイ

① 鞄（かばん）

⑥ 財布（さいふ）

④ ハンカチ

⑤ 眼鏡（めがね）

⑦ 煙草（たばこ）

⑧ 灰皿（はいざら）

⑨ マッチ

⑩ スリッパ

⑪ 靴（くつ）

⑫ 箱（はこ）

⑬ 靴下（くつした）

CD1-14

①	かばん 鞄	皮包，提包，公事包，書包
②	ぼうし 帽子	帽子
③	ネクタイ【necktie】	領帶
④	ハンカチ 【handkerchief】	手帕
⑤	めがね 眼鏡	眼鏡
⑥	さいふ 財布	錢包
⑦	たばこ 煙草	香煙；煙草
⑧	はいざら 灰皿	煙灰缸
⑨	マッチ【match】	火柴；火材盒
⑩	スリッパ【slipper】	拖鞋
⑪	くつ 靴	鞋子
⑫	はこ 箱	盒子，箱子，匣子
⑬	くつした 靴下	襪子

答案 ① かばん
鞄　② ぼうし
帽子　③ ネクタイ　④ ハンカチ
　　 ⑤ めがね
眼鏡　⑥ さいふ
財布　⑦ たばこ

私は 新しい＿＿＿＿＿＿が ほしいです。
我想要新的包包。

山へは＿＿＿＿＿＿を かぶって 行きましょう。
就戴帽子去爬山吧！

父の 誕生日に＿＿＿＿＿＿を あげました。
爸爸生日那天我送他領帶。

その 店で＿＿＿＿＿＿を 買いました。
我在那家店買了手帕。

＿＿＿＿＿＿を かけて 本を 読みます。
戴眼鏡看書。

＿＿＿＿＿＿は どこにも ありませんでした。
到處都找不到錢包。

1日に 6本＿＿＿＿＿＿を 吸います。
一天抽六根煙。

すみません、＿＿＿＿＿＿を ください。
抱歉，請給我煙灰缸。

＿＿＿＿＿＿で タバコに 火を つけた。
用火柴點煙。

畳の 部屋に 入るときは＿＿＿＿＿＿を 脱ぎます。
進入榻榻米房間時，要將拖鞋脫掉。

＿＿＿＿＿＿を 履いて 外に 出ます。
穿上鞋子出門去。

＿＿＿＿＿＿の 中に お菓子が あります。
盒子裡有點心。

寒いから、厚い＿＿＿＿＿＿を 穿きなさい。
天氣很冷，所以穿上厚襪子。

8 灰皿　　　　　9 マッチ　　　　　10 スリッパ

11 靴　　　　　12 箱　　　　　13 靴下

2 衣服

① 背広 （せびろ）	名（男子穿的）西裝	類 スーツ （suit／套裝）
② ワイシャツ 【white shirt】	名 襯衫	類 シャツ （shirt／襯衫）
③ ポケット【pocket】	名（西裝的）口袋，衣袋	類 物入れ（袋子） （ものいれ）
④ 服 （ふく）	名 衣服	類 洋服（西式服裝） （ようふく） 對 和服（和服） （わふく）
⑤ 上着 （うわぎ）	名 上衣，外衣	類 ジャケット（夾克） 對 下着（內衣） （したぎ）
⑥ シャツ【shirt】	名 襯衫	類 ワイシャツ （white shirt／白襯衫）
⑦ コート【coat】	名 外套，大衣；（西裝的）上衣	類 外套（外套） （がいとう）
⑧ 洋服 （ようふく）	名 西服，西裝	類 洋装（西式服裝） （ようそう） 對 和服（和服） （わふく）
⑨ ズボン 【（法）jupon】	名 西裝褲；褲子	類 パンツ （pants／褲子）
⑩ ボタン 【（葡）botão／button】	名 釦子，鈕釦；按鍵	類 スナップ （snap／鉤釦）
⑪ セーター【sweater】	名 毛衣	類 カーディガン （cardigan／毛線外套）
⑫ スカート【skirt】	名 裙子	類 袴（和服長褲裙） （はかま）
⑬ 物 （もの）	名（有形、無形的）物品，東西	類 品（東西） （しな）

⑤ 上着（うわぎ）

② ワイシャツ

⑦ コート

① 背広（せびろ）

③ ポケット

⑥ シャツ

好想快快長大唷～

④ 服（ふく）

⑩ ボタン

⑬ 物（もの）

⑪ セーター

⑨ ズボン

⑧ 洋服（ようふく）

⑫ スカート

CD1-15

①	背広 (せびろ)	（男子穿的）西裝
②	ワイシャツ 【white shirt】	襯衫
③	ポケット【pocket】	（西裝的）口袋，衣袋
④	服 (ふく)	衣服
⑤	上着 (うわぎ)	上衣，外衣
⑥	シャツ【shirt】	襯衫
⑦	コート【coat】	外套，大衣；（西裝的）上衣
⑧	洋服 (ようふく)	西服，西裝
⑨	ズボン 【(法) jupon】	西裝褲；褲子
⑩	ボタン 【(葡) botão / button】	釦子，鈕釦；按鍵
⑪	セーター【sweater】	毛衣
⑫	スカート【skirt】	裙子
⑬	物 (もの)	（有形、無形的）物品，東西

答案　① 背広(せびろ)　② ワイシャツ　③ ポケット　④ 服(ふく)
　　　⑤ 上着(うわぎ)　⑥ シャツ　⑦ コート

_を 着て 会社へ 行きます。
穿西裝上班去。

この_は 誕生日に もらいました。
這件襯衫是生日時收到的。

財布を_に 入れました。
我把錢包放進了口袋裡。

花ちゃん、その_かわいいですね。
小花，妳那件衣服好可愛喔！

春だ。もう_は いらないね。
春天囉。已經不需要外套了。

あの 白い_を 着て いる 人は 山田さんです。
那個穿白襯衫的人是山田先生。

すみません、_を 取って ください。
不好意思，請幫我拿大衣。

新しい_が ほしいです。
我想要新的洋裝。

この_は あまり 丈夫では ありませんでした。
這條褲子不是很耐穿。

白い_を 押して から、青い_を 押します。
按下白色按鈕後，再按藍色按鈕。

山田さんは 赤い_を 着て います。
山田先生穿著紅色毛衣。

ズボンを 脱いで_を 穿きました。
脫下了長褲，換上了裙子。

あの 店には どんな_が あるか 教えて ください。
請告訴我那間店有什麼東西？

⑧ 洋服　　　　⑨ ズボン　　　　⑩ ボタン

⑪ セーター　　　⑫ スカート　　　⑬ 物

71

3 ｜ 食物（一）

CD1-16

①	ご飯 はん	名 米飯；飯食，餐	類 めし（飯、餐）
②	朝御飯 あさ ご はん	名 早餐	類 あさめし（早飯）
③	昼ご飯 ひる はん	名 午餐	類 ひるめし（午飯）
④	晩ご飯 ばん はん	名 晩餐	類 ばんめし（晩飯）
⑤	夕飯 ゆうはん	名 晩飯	類 夕食（晩餐） 對 朝飯（早餐）
⑥	食べ物 た もの	名 食物，吃的東西	類 食物（食物） 對 飲み物（飲料）
⑦	飲み物 の もの	名 飲料	類 飲料（飲料） 對 食べ物（食物）
⑧	お弁当 べんとう	名 便當	類 駅弁（車站便當）
⑨	お菓子 か し	名 點心，糕點	類 点心（點心）
⑩	料理 りょう り	名 菜餚，飯菜；做菜，烹調	類 ご馳走（大餐）
⑪	食堂 しょくどう	名 食堂，餐廳，飯館	類 飲食店（餐廳）
⑫	買い物 か もの	名 購物，買東西；要買的東西	類 ショッピング（shopping／購物）
⑬	パーティー【party】	名 （社交性的）集會，晩會，宴會，舞會	

答案 ① ご飯
はん　　② 朝ご飯
あさ はん　　③ 昼ご飯
ひる はん　　④ 晩ご飯
ばん はん
　　　⑤ 夕飯
ゆうはん　　⑥ 食べ物
た もの　　⑦ 飲み物
の もの

＿＿＿＿＿＿＿を 食べました。
我吃過飯了。

＿＿＿＿＿＿＿を 食べましたか。
吃過早餐了嗎？

＿＿＿＿＿＿＿は どこで 食べますか。
中餐要到哪吃？

いつもは 九時ごろ＿＿＿＿＿＿を 食べます。
經常在九點左右吃晚餐。

いつもは 九時ごろ＿＿＿＿＿＿を 食べます。
經常在九點左右吃晚餐。

好きな＿＿＿＿＿＿は 何ですか。
你喜歡吃什麼食物呢？

私の 好きな＿＿＿＿＿＿は 紅茶です。
我喜歡的飲料是紅茶。

コンビニに いろんな＿＿＿＿＿＿が 売って います。
便利超商裡賣著各式各樣的便當。

＿＿＿＿＿＿は あまり 好きでは ありません。
不是很喜歡吃點心。

この＿＿＿＿＿＿は 肉と 野菜で 作ります。
這道料理是用肉和蔬菜烹調的。

日曜日は＿＿＿＿＿＿が 休みです。
星期日餐廳不營業。

デパートで＿＿＿＿＿＿を しました。
在百貨公司買東西了。

＿＿＿＿＿＿で なにか 食べましたか。
你在派對裡吃了什麼？

⑧ お弁当　　⑨ お菓子　　⑩ 料理
⑪ 食堂　　⑫ 買い物　　⑬ パーティー

4 食物（二）

① コーヒー【(荷) koffie】	名 咖啡	類 飲み物（飲料）
② 牛乳 ぎゅうにゅう	名 牛奶	類 ミルク（milk／牛奶）
③ お酒 さけ	名 酒（"酒"的鄭重說法）；清酒	類 清酒（清酒） せいしゅ
④ 肉 にく	名 肉	類 身（肉體） み
⑤ 鳥肉 とりにく	名 雞肉；鳥肉	類 チキン（chicken／雞）
⑥ 水 みず	名 水	類 ウオーター（water／水）
⑦ 牛肉 ぎゅうにく	名 牛肉	類 ビーフ（beef／牛肉）
⑧ 豚肉 ぶたにく	名 豬肉	類 ポーク（pork／豬肉）
⑨ お茶 ちゃ	名 茶，茶葉；茶道	類 ティー（tea／茶）
⑩ パン【(葡) pão】	名 麵包	類 ブレッド（bread／麵包）
⑪ 野菜 やさい	名 蔬菜，青菜	類 蔬菜（蔬菜） そさい
⑫ 卵 たまご	名 蛋，卵；鴨蛋，雞蛋	類 卵（卵子） らん
⑬ 果物 くだもの	名 水果，鮮果	類 フルーツ（fruit／水果）

① コーヒー

② 牛乳（ぎゅうにゅう）

③ お酒（さけ）

④ 肉（にく）

⑤ 鳥肉（とりにく）

⑥ 水（みず）

⑦ 牛肉（ぎゅうにく）

⑧ 豚肉（ぶたにく）

⑨ お茶（ちゃ）

⑩ パン

⑪ 野菜（やさい）

⑫ 卵（たまご）

⑬ 果物（くだもの）

恩哪恩哪吃不下了啦～

CD1-17

1	コーヒー 【(荷) koffie】	咖啡
2	<ruby>牛乳<rt>ぎゅうにゅう</rt></ruby>	牛奶
3	お<ruby>酒<rt>さけ</rt></ruby>	酒（"酒"的鄭重說法）；清酒
4	<ruby>肉<rt>にく</rt></ruby>	肉
5	<ruby>鳥肉<rt>とりにく</rt></ruby>	雞肉；鳥肉
6	<ruby>水<rt>みず</rt></ruby>	水
7	<ruby>牛肉<rt>ぎゅうにく</rt></ruby>	牛肉
8	<ruby>豚肉<rt>ぶたにく</rt></ruby>	豬肉
9	お<ruby>茶<rt>ちゃ</rt></ruby>	茶，茶葉；茶道
10	パン【(葡) pão】	麵包
11	<ruby>野菜<rt>やさい</rt></ruby>	蔬菜，青菜
12	<ruby>卵<rt>たまご</rt></ruby>	蛋，卵；鴨蛋，雞蛋
13	<ruby>果物<rt>くだもの</rt></ruby>	水果，鮮果

答案　① コーヒー　② <ruby>牛乳<rt>ぎゅうにゅう</rt></ruby>　③ お<ruby>酒<rt>さけ</rt></ruby>　④ <ruby>肉<rt>にく</rt></ruby>
　　　⑤ <ruby>鳥肉<rt>とりにく</rt></ruby>　⑥ <ruby>水<rt>みず</rt></ruby>　⑦ <ruby>牛肉<rt>ぎゅうにく</rt></ruby>

ジュースは　もう　ありませんが、_____は　まだ　あります。
已經沒有果汁了，但還有咖啡。

お風呂_{ふ ろ}に　入_{はい}ってから、_____を　飲_のみます。
洗完澡後喝牛奶。

みんなが　たくさん　飲_のみましたから、もう_____は　ありません。
因為大家喝了很多，所以已經沒有酒了。

私_{わたし}は_____も　魚_{さかな}も　食_たべません。
我既不吃肉也不吃魚。

今晩_{こんばん}は_____ご飯_{はん}を　食_たべましょう。
今晚吃雞肉飯吧！

_____を　たくさん　飲_のみましょう。
要多喝水喔！

それは　どこの　国_{くに}の_____ですか。
這是哪個國家產的牛肉？

この　料理_{りょうり}は_____と　野菜_{やさい}で　作_{つく}りました。
這道菜是用豬肉和蔬菜做的。

喫茶店_{きっさてん}で_____を　飲_のみます。
在咖啡廳喝茶。

私_{わたし}は、_____に　します。
我要點麵包。

子_こどもの　とき_____が　好_すきでは　ありませんでした。
小時候不喜歡吃青菜。

この_____は　6個_{ろっこ}で　300円_{さんびゃくえん}です。
這個雞蛋 6 個賣 300 日圓。

毎日_{まいにち}_____を　食_たべて　います。
每天都有吃水果。

⑧ 豚肉_{ぶたにく}　　　⑨ お茶_{ちゃ}　　　⑩ パン
⑪ 野菜_{やさい}　　　⑫ 卵_{たまご}　　　⑬ 果物_{くだもの}

5 器皿跟調味料

1	バター【butter】	名 奶油	
2	醤油 しょう ゆ	名 醤油	類 ソース（調味醬）
3	塩 しお	名 鹽，食鹽；鹹度	類 食塩（食鹽） しょくえん
4	砂糖 さ とう	名 砂糖	類 シュガー （sugar／糖）
5	スプーン【spoon】	名 湯匙	類 匙（飯杓） さじ
6	フォーク【fork】	名 叉子，餐叉	
7	ナイフ【knife】	名 刀子，小刀，餐刀	類 包丁（菜刀） ほうちょう
8	お皿 さら	名 盤子（"皿"的鄭重說法）	類 盤（盤子） ばん
9	茶碗 ちゃわん	名 茶杯，飯碗	類 碗（碗） わん
10	グラス【glass】	名 玻璃杯	類 さかずき（酒杯）
11	箸 はし	名 筷子，箸	
12	コップ【（荷）kop】	名 杯子，玻璃杯，茶杯	類 湯飲み（茶杯） ゆ の
13	カップ【cup】	名 杯子；（有把）茶杯	類 コップ（（荷）kop／玻璃杯）

喵～

是糖耶～

② 醤油 (しょうゆ)

① バター

③ 塩 (しお)

④ 砂糖 (さとう)

⑥ フォーク

⑤ スプーン

⑦ ナイフ

⑧ お皿 (さら)

⑨ 茶碗 (ちゃわん)

⑩ グラス

⑬ カップ

⑪ 箸 (はし)

⑫ コップ

①	バター【butter】	奶油
②	醤油 しょうゆ	醤油
③	塩 しお	鹽，食鹽；鹹度
④	砂糖 さとう	砂糖
⑤	スプーン【spoon】	湯匙
⑥	フォーク【fork】	叉子，餐叉
⑦	ナイフ【knife】	刀子，小刀，餐刀
⑧	お皿 さら	盤子（"皿"的鄭重說法）
⑨	茶碗 ちゃわん	茶杯，飯碗
⑩	グラス【glass】	玻璃杯
⑪	箸 はし	筷子，箸
⑫	コップ【(荷) kop】	杯子，玻璃杯，茶杯
⑬	カップ【cup】	杯子；（有把）茶杯

答案 ① バター   ② 醤油
しょうゆ   ③ 塩
しお   ④ 砂糖
さとう
     ⑤ スプーン   ⑥ フォーク   ⑦ ナイフ

パンに＿＿＿＿＿を 厚く 塗って 食べます。
在麵包上塗厚厚的奶油後再吃。

味が 薄いですね、少し＿＿＿＿＿を かけましょう。
味道有點淡，加一些醬油吧！

海の 水で＿＿＿＿＿を 作りました。
利用海水做了鹽巴。

この ケーキには＿＿＿＿＿が たくさん 入って います。
這蛋糕加了很多砂糖。

＿＿＿＿＿で スープを 飲みます。
用湯匙喝湯。

ナイフと＿＿＿＿＿で ステーキを 食べます。
用餐刀和餐叉吃牛排。

ステーキを＿＿＿＿＿で 小さく 切った。
用餐刀將牛排切成小塊。

＿＿＿＿＿は 10枚 ぐらい あります。
盤子大約有10個。

鈴木さんは＿＿＿＿＿や コップを きれいに しました。
鈴木先生將碗和杯子清乾淨了。

すみません、＿＿＿＿＿二つ ください。
不好意思，請給我兩個玻璃杯。

君、＿＿＿＿＿の 持ち方が 下手ね。
你呀！真不會拿筷子啊！

＿＿＿＿＿で 水を 飲みます。
用杯子喝水。

贈り物に＿＿＿＿＿は どうでしょうか。
禮物就送杯子怎麼樣呢？

8 お皿　　　9 茶碗　　　10 グラス

11 箸　　　12 コップ　　　13 カップ

81

6 | 住家

① 家 いえ	名 房子，屋；（自己的）家，家庭	類 住まい（住處） す
② 家 うち	名 家，家庭；房子；自己的家裡	類 自宅（自己家） じ たく
③ 庭 にわ	名 庭院，院子，院落	類 庭園（院子） ていえん
④ 鍵 かぎ	名 鑰匙，鎖頭；關鍵	類 キー （key／鑰匙）
⑤ プール【pool】	名 游泳池	類 水泳場 すいえいじょう （游泳池）
⑥ アパート 【apartment house 之略】	名 公寓	類 マンション （mansion／公寓大廈）
⑦ 池 いけ	名 池塘，池子；（庭院中的）水池	類 池塘（池子） ち とう
⑧ ドア【door】	名 （大多指西式前後推開的）門；（任何出入口的）門	類 戸（門戶） と
⑨ 門 もん	名 門，大門	類 正門（正門） せいもん
⑩ 戸 と	名 （大多指左右拉開的）門；大門；窗戶	類 扉（單扇門） とびら
⑪ 入り口 い ぐち	名 入口，門口	類 入り口（入口） はい ぐち 對 出口（出口） で ぐち
⑫ 出口 で ぐち	名 出口	對 入り口（入口） い ぐち
⑬ 所 ところ	名 （所在的）地方，地點	類 場所（地點） ば しょ

⬤ CD1-19

①	家 _{いえ}	房子，屋；（自己的）家，家庭
②	家 _{うち}	家，家庭；房子；自己的家裡
③	庭 _{にわ}	庭院，院子，院落
④	鍵 _{かぎ}	鑰匙，鎖頭；關鍵
⑤	プール【pool】	游泳池
⑥	アパート 【apartment house 之略】	公寓
⑦	池 _{いけ}	池塘，池子；（庭院中的）水池
⑧	ドア【door】	（大多指西式前後推開的）門；（任何出入口的）門
⑨	門 _{もん}	門，大門
⑩	戸 _と	（大多指左右拉開的門）門；大門；窗戶
⑪	入り口 _{い ぐち}	入口，門口
⑫	出口 _{で ぐち}	出口
⑬	所 _{ところ}	（所在的）地方，地點

毎朝　何時に＿＿＿＿＿＿＿を　出ますか。
每天早上幾點離開家呢？

きれいな＿＿＿＿＿＿＿に　住んで　いますね。
你住在很漂亮的房子呢。

私は　毎日＿＿＿＿＿＿＿の　掃除を　します。
我每天都會整理院子。

これは　自転車の＿＿＿＿＿＿＿です。
這是腳踏車的鑰匙。

どの　うちにも＿＿＿＿＿＿＿が　あります。
每家都有游泳池。

あの＿＿＿＿＿＿＿は　きれいで　安いです。
那間公寓既乾淨又便宜。

＿＿＿＿＿＿＿の　中に　魚が　いますか。
池子裡有魚嗎？

寒いです。＿＿＿＿＿＿＿を　閉めて　ください。
好冷。請關門。

この　家の＿＿＿＿＿＿＿は　石で　できて　いた。
這棟房子的大門是用石頭做的。

「＿＿＿＿＿＿＿」は　左右に　開けたり　閉めたりする　ものです。
「門」是指左右兩邊可開可關的東西。

＿＿＿＿＿＿＿の　前に　子どもが　います。
入口前有個小孩子。

すみません、＿＿＿＿＿＿＿は　どちらですか。
請問一下，出口在哪邊？

今年は　暖かい＿＿＿＿＿＿＿へ　遊びに　いきました。
今年去了暖和的地方玩。

⑧ ドア　　　　　　　⑨ 門　　　　　　　⑩ 戸
⑪ 入り口　　　　　　⑫ 出口　　　　　　⑬ 所

85

7 居家設備

① 机 つくえ	名 桌子，書桌	類 テーブル （table／桌子）
② 椅子 い す	名 椅子	類 腰掛け（椅子） こしか
③ 部屋 へ や	名 房間；屋子	類 和室（和式房間） わ しつ
④ 窓 まど	名 窗戶	類 ウインドー （window／窗戶）
⑤ ベッド【bed】	名 床，床舖	類 寝台（床） しんだい
⑥ シャワー【shower】	名 淋浴；驟雨	
⑦ トイレ【toilet】	名 廁所，洗手間，盥洗室	類 手洗い（洗手間） て あら
⑧ 台所 だいどころ	名 廚房	類 勝手（廚房） かって
⑨ 玄関 げんかん	名（建築物的）正門，前門，玄關	類 出入り口 で い ぐち （出入口）
⑩ 階段 かいだん	名 樓梯，階梯，台階	類 ステップ （step／公車等踏板）
⑪ お手洗い て あら	名 廁所，洗手間，盥洗室	類 便所（廁所） べんじょ
⑫ 風呂 ふ ろ	名 浴缸，澡盆；洗澡；洗澡熱水	類 バス （bath／浴缸，浴室）

窗明几淨～

⑥ シャワー

④ 窓
まど

⑫ 風呂
ふろ

② 椅子
いす

⑤ ベッド

③ 部屋
へや

① 机
つくえ

⑧ 台所
だいどころ

⑩ 階段
かいだん

⑨ 玄関
げんかん

⑪ お手洗い
てあらい

⑦ トイレ

歡迎來我家～

①	つくえ 机	桌子，書桌
②	いす 椅子	椅子
③	へや 部屋	房間；屋子
④	まど 窓	窗戶
⑤	ベッド【bed】	床，床舖
⑥	シャワー【shower】	淋浴；驟雨
⑦	トイレ【toilet】	廁所，洗手間，盥洗室
⑧	だいどころ 台所	廚房
⑨	げんかん 玄関	（建築物的）正門，前門，玄關
⑩	かいだん 階段	樓梯，階梯，台階
⑪	てあら お手洗い	廁所，洗手間，盥洗室
⑫	ふろ 風呂	浴缸，澡盆；洗澡；洗澡熱水

答案	① つくえ 机	② いす 椅子	③ へや 部屋	④ まど 窓
	⑤ ベッド	⑥ シャワー	⑦ トイレ	

すみません、_____は どこに 置_おきますか。
請問一下，這張書桌要放在哪裡？

_____や 机_{つくえ}を 買_かいました。
買了椅子跟書桌。

_____を きれいに しました。
把房間整理乾淨了。

風_{かぜ}で_____が 閉_しまりました。
風把窗戶給關上了。

私_{わたし}は_____よりも 畳_{たたみ}の ほうが いいです。
比起床鋪，我比較喜歡榻榻米。

勉強_{べんきょう}した 後_{あと}で、_____を 浴_あびます。
唸完書之後淋浴。

_____は どちらですか。
廁所在哪邊？

猫_{ねこ}は 部屋_{へや}にも_____にも いませんでした。
貓咪不在房間，也不在廚房。

友達_{ともだち}は_____で 靴_{くつ}を 脱_ぬぎました。
朋友在玄關脫了鞋。

来週_{らいしゅう}の 月曜日_{げつようび}の 午前_{ごぜん} 10時_{じゅうじ}には、_____を 使_{つか}います。
下週一早上10點，會使用到樓梯。

_____は あちらです。
洗手間在那邊。

今日_{きょう}は ご飯_{はん}の 後_{あと}で お_____に 入_{はい}ります。
今天吃完飯後再洗澡。

⑧ 台所_{だいどころ}　　　　⑨ 玄関_{げんかん}　　　　⑩ 階段_{かいだん}
⑪ お手洗_{てあら}い　　　　⑫ 風呂_{ふろ}

8 家電家具

1 でん き 電気	名 電力；電燈；電器	類 エレキラル（（荷）electriciteit／電力）
2 と けい 時計	名 鐘錶，手錶	類 クロック（clock／時鐘）
3 でん わ 電話	名・自サ 電話；打電話	類 けいたいでん わ 携帯電話（手機）
4 ほんだな 本棚	名 書架，書櫥，書櫃	類 しょ か 書架（書架）
5 ラジカセ【(和)radio + cassette 之略】	名 收錄兩用收音機，錄放音機	類 ラジオカセット（（和）radio＋cassette／收錄音機）
6 れいぞう こ 冷蔵庫	名 冰箱，冷藏室，冷藏庫	
7 か びん 花瓶	名 花瓶	類 か き 花器（花瓶）
8 テーブル【table】	名 桌子；餐桌，飯桌	類 しょくたく 食卓（餐桌）
9 テープレコーダー【tape recorder】	名 磁帶錄音機	類 テレコ（tape recorder之略／錄音機）
10 テレビ【television】	名 電視	類 テレビジョン（television／電視機）
11 ラジオ【radio】	名 收音機；無線電	類 おんせいほうそう 音声放送（聲音播放）
12 せっけん 石鹸	名 香皂，肥皂	類 ソープ（soap／肥皂）
13 ストーブ【stove】	名 火爐，暖爐	類 だんぼう 暖房（暖氣） 對 れいぼう 冷房（冷氣）

1	電気 でん き	電力；電燈；電器
2	時計 と けい	鐘錶，手錶
3	電話 でん わ	電話；打電話
4	本棚 ほんだな	書架，書櫥，書櫃
5	ラジカセ 【(和) radio + cassette 之略】	收錄兩用收音機，錄放音機
6	冷蔵庫 れいぞう こ	冰箱，冷藏室，冷藏庫
7	花瓶 か びん	花瓶
8	テーブル【table】	桌子；餐桌，飯桌
9	テープレコーダー 【tape recorder】	磁帶錄音機
10	テレビ【television】	電視
11	ラジオ【radio】	收音機；無線電
12	石鹸 せっけん	香皂，肥皂
13	ストーブ【stove】	火爐，暖爐

答案　① 電気
でん き　② 時計
と けい　③ 電話
でん わ　④ 本棚
ほんだな
　　⑤ ラジカセ　⑥ 冷蔵庫
れいぞう こ　⑦ 花瓶
か びん

ドアの　右_{みぎ}に＿＿＿＿＿＿の　スイッチが　あります。
門的右邊有電燈的開關。

あの　赤_{あか}い＿＿＿＿＿は　私_{わたし}のです。
那紅色的錶是我的。

林_{りん}さんは　明日_{あした}　村田_{むらた}さんに＿＿＿＿＿します。
林先生明天會打電話給村田先生。

＿＿＿＿＿の　右_{みぎ}に　小_{ちい}さい　いすが　あります。
書架的右邊有張小椅子。

＿＿＿＿＿で　音楽_{おんがく}を　聴_きく。
用錄放音機聽音樂。

＿＿＿＿＿に　牛乳_{ぎゅうにゅう}が　まだ　あります。
冰箱裡還有牛奶。

＿＿＿＿＿に　水_{みず}を　入_いれました。
把水裝入花瓶裡。

お箸_{はし}は＿＿＿＿＿の　上_{うえ}に　並_{なら}べて　ください。
請將筷子擺到餐桌上。

＿＿＿＿＿で　日本語_{にほんご}の　発音_{はつおん}を　練習_{れんしゅう}して　います。
我用錄音機在練習日語發音。

昨日_{きのう}、＿＿＿＿＿は　見_みませんでした。
昨天沒看電視。

＿＿＿＿＿で　日本語_{にほんご}を　聞_ききます。
用收音機聽日語。

＿＿＿＿＿で　手_てを　洗_{あら}ってから、ご飯_{はん}を　食_たべましょう。
用肥皂洗手後再來用餐吧。

寒_{さむ}いから＿＿＿＿＿を　つけましょう。
好冷，開暖爐吧！

⑧ テーブル　　⑨ テープレコーダー　　⑩ テレビ
⑪ ラジオ　　⑫ 石鹸_{せっけん}　　⑬ ストーブ

93

9 交通工具

① 橋 はし	名 橋，橋樑	類 ブリッジ （bridge／橋）
② 地下鉄 ち か てつ	名 地下鐵	類 電車（電車） でんしゃ
③ 飛行機 ひ こう き	名 飛機	類 ヘリコプター （helicopter／直升機）
④ 交差点 こう さ てん	名 十字路口	類 十字路 じゅう じ ろ （十字路口）
⑤ タクシー【taxi】	名 計程車	類 キャブ （cab／計程車）
⑥ 電車 でんしゃ	名 電車	類 新幹線（新幹線） しんかんせん
⑦ 駅 えき	名 （鐵路的）車站	類 ステーション （station／車站）
⑧ 車 くるま	名 車子的總稱，汽車	類 カー（car／車子）
⑨ 自動車 じ どうしゃ	名 車，汽車	類 車（車子） くるま
⑩ 自転車 じ てんしゃ	名 腳踏車	類 二輪車（二輪車） に りんしゃ
⑪ バス【bus】	名 巴士，公車	類 乗り物 の もの （交通工具）
⑫ エレベーター 【elevator】	名 電梯，升降機	類 エスカレーター （escalator／手扶梯）
⑬ 町 まち	名 城鎮；街道；町	類 都会（都市） と かい 對 田舎（鄉下） い なか
⑭ 道 みち	名 路，道路	類 通り（馬路） とお

①	はし 橋	橋，橋樑
②	ち か てつ 地下鉄	地下鐵
③	ひ こう き 飛行機	飛機
④	こう さ てん 交差点	十字路口
⑤	タクシー【taxi】	計程車
⑥	でんしゃ 電車	電車
⑦	えき 駅	（鐵路的）車站
⑧	くるま 車	車子的總稱，汽車
⑨	じ どうしゃ 自動車	車，汽車
⑩	じ てんしゃ 自転車	腳踏車
⑪	バス【bus】	巴士，公車
⑫	エレベーター 【elevator】	電梯，升降機
⑬	まち 町	城鎮；街道；町
⑭	みち 道	路，道路

答案	① はし 橋	② ち か てつ 地下鉄	③ ひ こう き 飛行機	④ こう さ てん 交差点
	⑤ タクシー	⑥ でんしゃ 電車	⑦ えき 駅	⑧ くるま 車

_____は ここから 5分ぐらい かかります。
從這裡走到橋約要５分鐘。

_____で 空港まで 三時間も かかります。
搭地下鐵到機場竟要花上三個小時。

_____で 南へ 遊びに 行きました。
搭飛機去南邊玩了。

その_____を 左に 曲がって ください。
請在那個十字路口左轉。

時間が ありませんから、_____で 行きましょう。
沒時間了，搭計程車去吧！

大学まで_____で 30分 かかります。
坐電車到大學要花30分鐘。

_____で 友達に 会いました。
在車站遇到了朋友。

_____で 会社へ 行きます。
開車去公司。

日本の_____は いいですね。
日本的汽車很不錯呢。

私は_____を 二台 持って います。
我有兩台腳踏車。

_____に 乗って、海へ 行きました。
搭巴士去了海邊。

1階で_____に 乗って ください。
請在一樓搭電梯。

_____の 南側は 緑が 多い。
城鎮的南邊綠意盎然。

あの_____は 狭いです。
那條路很窄。

⑨ 自動車　　　⑩ 自転車　　　⑪ バス
⑫ エレベーター　　　⑬ 町　　　⑭ 道

10 建築物

①	みせ 店	名 店，商店，店鋪，攤子	類 しょうてん 商店（商店）
②	えいがかん 映画館	名 電影院	類 シアター （theater／劇院）
③	びょういん 病院	名 醫院	類 クリニック （clinic／診療所）
④	たいしかん 大使館	名 大使館	
⑤	きっさてん 喫茶店	名 咖啡店	類 カフェ （(法) cafê／咖啡館）
⑥	レストラン 【(法) restaurant】	名 西餐廳	類 りょうりや 料理屋（餐館）
⑦	たてもの 建物	名 建築物，房屋	類 いえ 家（住家）
⑧	デパート 【department store】	名 百貨公司	類 ひゃっかてん 百貨店 （百貨商店）
⑨	やおや 八百屋	名 蔬果店，菜舖	類 あおものや 青物屋（青菜店）
⑩	こうえん 公園	名 公園	類 パーク （park／公園）
⑪	ぎんこう 銀行	名 銀行	類 バンク （bank／銀行）
⑫	ゆうびんきょく 郵便局	名 郵局	
⑬	ホテル【hotel】	名 （西式）飯店，旅館	類 りょかん 旅館（旅館）

① 店（みせ）
② 映画館（えいがかん）
③ 病院（びょういん）
④ 大使館（たいしかん）
⑤ 喫茶店（きっさてん）
⑥ レストラン
⑦ 建物（たてもの）
⑧ デパート
⑨ 八百屋（やおや）
⑩ 公園（こうえん）
⑪ 銀行（ぎんこう）
⑫ 郵便局（ゆうびんきょく）
⑬ ホテル

得意

我家住這裡！

Part3

1	店（みせ）	店，商店，店鋪，攤子
2	映画館（えいがかん）	電影院
3	病院（びょういん）	醫院
4	大使館（たいしかん）	大使館
5	喫茶店（きっさてん）	咖啡店
6	レストラン【（法）restaurant】	西餐廳
7	建物（たてもの）	建築物，房屋
8	デパート【department store】	百貨公司
9	八百屋（やおや）	蔬果店，菜鋪
10	公園（こうえん）	公園
11	銀行（ぎんこう）	銀行
12	郵便局（ゆうびんきょく）	郵局
13	ホテル【hotel】	（西式）飯店，旅館

答案　1 店（みせ）　2 映画館（えいがかん）　3 病院（びょういん）　4 大使館（たいしかん）
5 喫茶店（きっさてん）　6 レストラン　7 建物（たてもの）

あの＿＿＿＿＿＿＿は 何と いう 名前ですか。
那家店名叫什麼？

＿＿＿＿＿＿＿は 人で いっぱいでした。
電影院裡擠滿了人。

駅の 向こうに＿＿＿＿＿＿＿が あります。
車站的對面有醫院。

姉は 韓国の＿＿＿＿＿＿＿で 翻訳を して います。
姊姊在韓國大使館做翻譯。

昼ご飯は 駅の 前の＿＿＿＿＿＿＿で 食べます。
午餐在車站前的咖啡廳吃。

明日 誕生日だから 友達と＿＿＿＿＿＿＿へ 行きます。
明天是生日，所以和朋友一起去餐廳。

あの 大きな＿＿＿＿＿＿＿は 図書館です。
那棟大建築物是圖書館。

近くに 新しい＿＿＿＿＿＿＿が できて 賑やかに なりました。
附近開了家新百貨公司，變得很熱鬧。

＿＿＿＿＿＿＿へ 果物を 買いに 行きます。
到蔬果店買水果去。

この＿＿＿＿＿＿＿は きれいです。
這座公園很漂亮。

日曜日は＿＿＿＿＿＿＿が 閉まって います。
週日銀行不營業。

今日は 午後＿＿＿＿＿＿＿へ 行きますが、銀行へは 行きません。
今天下午會去郵局，但不去銀行。

プリンス＿＿＿＿＿＿＿に 三泊しました。
在王子飯店住了四天三夜。

8 デパート　　　9 八百屋　　　10 公園

11 銀行　　　12 郵便局　　　13 ホテル

11 娯楽嗜好

● CD1-24

①	えいが 映画	名 電影	類 ムービー （movie／電影）
②	おんがく 音楽	名 音樂	類 ミュージック （music／音樂）
③	レコード【record】	名 唱片，黑膠唱片 （圓盤形）	類 おんばん 音盤（唱片）
④	テープ【tape】	名 膠布；錄音帶，卡帶	類 ろくおん 錄音テープ （錄音帶）
⑤	ギター【guitar】	名 吉他	
⑥	うた 歌	名 歌，歌曲	類 かよう 歌謡（歌謠）
⑦	え 絵	名 畫，圖畫，繪畫	類 かいが 絵画（繪畫）
⑧	カメラ【camera】	名 照相機；攝影機	類 さつえいき 撮影機（照相機）
⑨	しゃしん 写真	名 照片，相片，攝影	類 フォト （photo／照片）
⑩	フィルム【film】	名 底片，膠片；影片； 電影	類 しゃしん 写真フィルム （底片）
⑪	がいこく 外国	名 外國，外洋	類 かいがい 海外（海外） 對 ないこく 内国（國內）
⑫	くに 国	名 國家；國土；故鄉	類 こっか 国家（國家）
⑬	にもつ 荷物	名 行李，貨物	類 に 荷（行李）

９時から＿＿＿＿＿が 始まりました。
電影 9 點就開始了。

雨の 日は、アパートの 部屋で＿＿＿＿＿を 聞きます。
下雨天我就在公寓的房裡聽音樂。

古い＿＿＿＿＿を 聞くのが 好きです。
我喜歡聽老式的黑膠唱片。

＿＿＿＿＿を 入れてから、青い ボタンを 押します。
放入錄音帶後，按下藍色的按鈕。

土曜日は 散歩したり、＿＿＿＿＿を 練習したり します。
星期六我會散散步、練練吉他。

私は＿＿＿＿＿で 50音を 勉強して います。
我用歌曲學50音。

この＿＿＿＿＿は 誰が 描きましたか。
這幅畫是誰畫的？

この＿＿＿＿＿は あなたのですか。
這台相機是你的嗎？

壁に＿＿＿＿＿が 貼って あります。
牆上貼著照片。

いつも ここで＿＿＿＿＿を 買います。
我都在這裡買底片。

来年 弟が＿＿＿＿＿へ 行くでしょう。
弟弟明年應該會去國外吧。

世界で 一番 広い＿＿＿＿＿は どこですか。
世界上國土最大的國家是哪裡？

重い＿＿＿＿＿を 持って、とても 疲れました。
手提著很重的行李，真是累壞了。

⑧ カメラ　　　　⑨ 写真　　　　⑩ フィルム
⑪ 外国　　　　⑫ 国　　　　⑬ 荷物

12 | 學校

CD1-25

1	こと ば 言葉	名 語言，詞語	類 言語（語言）
2	えい ご 英語	名 英語，英文	類 イングリッシュ（English／英語）
3	がっこう 学校	名 學校；（有時指）上課	類 スクール（school／學校）
4	だい がく 大学	名 大學	類 カレッジ（college／專科大學）
5	きょうしつ 教室	名 教室；研究室	類 クラスルーム（classroom／教室）
6	クラス【class】	名 階級，等級；（學校的）班級	類 組（班）
7	じゅぎょう 授業	名 上課，教課，授課	類 レッスン（lesson／課程）
8	と しょかん 図書館	名 圖書館	類 ライブラリー（library／圖書館）
9	ニュース【news】	名 新聞，消息	類 報道（報導）
10	はなし 話	名 話，說話，講話	類 会話（談話）
11	びょう き 病気	名 生病，疾病	類 病（病）
12	か ぜ 風邪	名 感冒，傷風	類 インフルエンザ（influenza／流行性感冒）
13	くすり 薬	名 藥，藥品	類 薬品（藥物） 對 毒（毒藥）

日本語の＿＿＿＿＿を　九つ　覚えました。
學會了九個日語詞彙。

アメリカで＿＿＿＿＿を　勉強して　います。
在美國學英文。

田中さんは　昨日　病気で＿＿＿＿＿を　休みました。
田中昨天因為生病請假沒來學校。

＿＿＿＿＿に　入るときは　100万円ぐらい　かかりました。
上大學的時候大概花了一百萬日圓。

＿＿＿＿＿に　学生が　三人　います。
教室裡有三個學生。

男の子だけの＿＿＿＿＿は　おもしろく　ないです。
只有男生的班級一點都不好玩！

林さんは　今日＿＿＿＿＿を　休みました。
林先生今天沒來上課。

この　道を　まっすぐ　行くと　大きな＿＿＿＿＿が　あります。
這條路直走，就可以看到大型圖書館。

山田さん、＿＿＿＿＿を　見ましたか。
山田小姐，你看新聞了嗎？

あの　先生の＿＿＿＿＿は　長い。
那位老師話很多。

＿＿＿＿＿に　なったときは、病院へ　行きます。
生病時要去醫院看醫生。

＿＿＿＿＿を　引いて、昨日から　頭が　痛いです。
感冒了，從昨天開始就頭很痛。

頭が　痛いときは　この＿＿＿＿＿を　飲んで　ください。
頭痛的時候請吃這個藥。

⑧ 図書館	⑨ ニュース	⑩ 話
⑪ 病気	⑫ 風邪	⑬ 薬

105

13 學習

CD1-26

1	もんだい 問題	名 問題；（需要研究，處理，討論的）事項	類 問い（問題）
2	しゅくだい 宿題	名 作業，家庭作業	類 課題（課題）
3	テスト【test】	名 考試，試驗，檢查	類 試験（考試）
4	いみ 意味	名 （詞句等）意思，含意	類 意義（意義）
5	なまえ 名前	名 （事物與人的）名字，名稱	類 苗字（姓）
6	ばんごう 番号	名 號碼，號數	類 ナンバー（number／號碼）
7	かたかな 片仮名	名 片假名	類 かたかんな（片假名） 對 平仮名（平假名）
8	ひらがな 平仮名	名 平假名	類 かんな（平假名） 對 片仮名（片假名）
9	かんじ 漢字	名 漢字	類 本字（（相對於假名的）漢字）
10	さくぶん 作文	名 作文	類 綴り方（（小學的）作文）
11	りゅうがくせい 留学生	名 留學生	
12	なつやす 夏休み	名 暑假	類 休暇（休假）
13	やす 休み	名 休息，假日；休假，停止營業	類 休息（休息）

この＿＿＿＿＿＿は 難^{むずか}しかった。
這道問題很困難。

家^{いえ}に 帰^{かえ}ると、まず＿＿＿＿＿＿を します。
一回到家以後，首先寫功課。

＿＿＿＿＿＿を して いますから、静^{しず}かに して ください。
現在在考試，所以請安靜。

この カタカナは どう いう＿＿＿＿＿＿でしょう。
這個片假名是什麼意思？

ノートに＿＿＿＿＿＿が 書^かいて あります。
筆記本上有寫姓名。

女^{おんな}の 人^{ひと}の 電話^{でんわ}＿＿＿＿＿＿は 何番^{なんばん}ですか。
女生的電話號碼是幾號？

ご住所^{じゅうしょ}は＿＿＿＿＿＿で 書^かいて ください。
請用片假名書寫您的住址。

名前^{なまえ}は＿＿＿＿＿＿で 書^かいて ください。
姓名請用平假名書寫。

先生^{せんせい}、この＿＿＿＿＿＿は 何^{なん}と 読^よみますか。
老師，這個漢字怎麼唸？

自分^{じぶん}の 夢^{ゆめ}に ついて、日本語^{にほんご}で＿＿＿＿＿＿を 書^かきました。
用日文寫了一篇有關自己的夢想的作文。

日本^{にほん}の＿＿＿＿＿＿から 日本語^{にほんご}を 習^{なら}って います。
我現在在跟日本留學生學日語。

＿＿＿＿＿＿は 何日^{なんにち}から 始^{はじ}まりますか。
暑假是從幾號開始放的？

明日^{あした}は＿＿＿＿＿＿ですが、どこへも 行^いきません。
明天是假日，但哪都不去。

⑧ らがな　⑨ 漢字^{かんじ}　⑩ 作文^{さくぶん}
⑪ 留学生^{りゅうがくせい}　⑫ 夏休^{なつやす}み　⑬ 休^{やす}み

14 文具用品

① お金 （かね）	名 錢，貨幣	類 金錢（きんせん）（金錢）
② ボールペン 【ball-point pen】	名 原子筆，鋼珠筆	類 ペン（pen／筆）
③ 万年筆 （まんねんひつ）	名 鋼筆	
④ コピー【copy】	名・他サ 拷貝，複製，副本	類 複写（ふくしゃ）（複印）
⑤ 字引 （じびき）	名 字典，辭典	類 字典（じてん）（字典）
⑥ ペン【pen】	名 筆，原子筆，鋼筆	類 ボールペン（ball-point pen／原子筆）
⑦ 新聞 （しんぶん）	名 報紙	類 新聞紙（しんぶんし）（報紙）
⑧ 本 （ほん）	名 書，書籍	類 書物（しょもつ）（圖書）
⑨ ノート【notebook】	名 筆記本；備忘錄	類 手帳（てちょう）（記事本）
⑩ 鉛筆 （えんぴつ）	名 鉛筆	類 ペンシル（pencil／鉛筆）
⑪ 辞書 （じしょ）	名 字典，辭典	類 辞典（じてん）（辭典）
⑫ 雑誌 （ざっし）	名 雜誌，期刊	類 マガジン（magazine／雜誌）
⑬ 紙 （かみ）	名 紙	類 ペーパー（paper／紙）

① お金(かね)

金光閃閃

瑞氣千條

② ボールペン

③ 万年筆(まんねんひつ)

④ コピー

⑤ 字引(じびき)

⑥ ペン

⑦ 新聞(しんぶん)

⑧ 本(ほん)

⑨ ノート

⑩ 鉛筆(えんぴつ)

⑪ 辞書(じしょ)

⑫ 雑誌(ざっし)

⑬ 紙(かみ)

CD2-1

1	お金（かね）	錢，貨幣
2	ボールペン【ball-point pen】	原子筆，鋼珠筆
3	万年筆（まんねんひつ）	鋼筆
4	コピー【copy】	拷貝，複製，副本
5	字引（じびき）	字典，辭典
6	ペン【pen】	筆，原子筆，鋼筆
7	新聞（しんぶん）	報紙
8	本（ほん）	書，書籍
9	ノート【notebook】	筆記本；備忘錄
10	鉛筆（えんぴつ）	鉛筆
11	辞書（じしょ）	字典，辭典
12	雑誌（ざっし）	雜誌，期刊
13	紙（かみ）	紙

答案 ① お金（かね）　② ボールペン　③ 万年筆（まんねんひつ）　④ コピー
⑤ 字引（じびき）　⑥ ペン　⑦ 新聞（しんぶん）

車を　買う＿＿＿＿＿が　ありません。
沒有錢買車子。

この＿＿＿＿＿は　父から　もらいました。
這支原子筆是爸爸給我的。

胸の　ポケットに＿＿＿＿＿を　さした。
把鋼筆插進了胸前的口袋。

山田君、これを＿＿＿＿＿して　ください。
山田同學，麻煩請影印一下這個。

＿＿＿＿＿を　引いて、知らない　言葉を　探した。
用字典查了不懂的字彙。

＿＿＿＿＿か　鉛筆を　貸して　ください。
請借我原子筆或是鉛筆。

この＿＿＿＿＿は　一昨日の　ものだから　もう　いりません。
這報紙是前天的東西了，我不要了。

図書館で＿＿＿＿＿を　借りました。
到圖書館借了書。

＿＿＿＿＿が　二冊　あります。
有兩本筆記本。

これは＿＿＿＿＿です。
這是鉛筆。

＿＿＿＿＿を　見てから　漢字を　書きます。
看過辭典後再寫漢字。

＿＿＿＿＿を　まだ　半分しか　読んで　いません。
雜誌僅僅看了一半而已。

本を　借りる　前に、この＿＿＿＿＿に　名前を　書いて　ください。
要借書之前，請在這張紙寫下名字。

⑧ 本　　　⑨ ノート　　　⑩ 鉛筆
⑪ 辞書　　　⑫ 雑誌　　　⑬ 紙

15 | 工作及郵局

①	せいと 生徒	名（中學、高中）學生	類 がくせい 学生（學生）
②	せんせい 先生	名 老師，師傅；醫生，大夫	類 きょうし 教師（老師）
③	がくせい 学生	名 學生（主要指大專院校的學生）	類 だいがくせい 大学生（大學生）
④	いしゃ 医者	名 醫生，大夫	類 いし 医師（醫生）
⑤	まわ お巡りさん	名（俗稱）警察，巡警	類 けいかん 警官（警察官）
⑥	かいしゃ 会社	名 公司；商社	類 きぎょう 企業（企業）
⑦	しごと 仕事	名 工作；職業	類 つと 勤め（職務）
⑧	けいかん 警官	名 警官，警察	類 けいさつかん 警察官（警察官）
⑨	はがき 葉書	名 明信片	類 ゆうびんはがき 郵便葉書（明信片） 對 ふうしょ 封書（封口書信）
⑩	きって 切手	名 郵票	類 ゆうびんきって 郵便切手（郵票）
⑪	てがみ 手紙	名 信，書信，函	類 ゆうびん 郵便（郵件）
⑫	ふうとう 封筒	名 信封，封套	類 ふくろ 袋（袋子）
⑬	きっぷ 切符	名 票，車票	類 チケット （ticket／票）
⑭	ポスト【post】	名 郵筒，信箱	類 ゆうびんう 郵便受け（信箱）

1 生徒（せいと）
2 先生（せんせい）
3 学生（がくせい）
4 医者（いしゃ）
5 お巡りさん（まわ）
6 会社（かいしゃ）
7 仕事（しごと）
8 警官（けいかん）
9 葉書（はがき）
10 切手（きって）
11 手紙（てがみ）
12 封筒（ふうとう）
13 切符（きっぷ）
14 ポスト

出國玩囉！

①	せいと 生徒	（中學、高中）學生
②	せんせい 先生	老師，師傅；醫生，大夫
③	がくせい 学生	學生（主要指大專院校的學生）
④	いしゃ 医者	醫生，大夫
⑤	まわ お巡りさん	（俗稱）警察，巡警
⑥	かいしゃ 会社	公司；商社
⑦	しごと 仕事	工作；職業
⑧	けいかん 警官	警官，警察
⑨	はがき 葉書	明信片
⑩	きって 切手	郵票
⑪	てがみ 手紙	信，書信，函
⑫	ふうとう 封筒	信封，封套
⑬	きっぷ 切符	票，車票
⑭	ポスト【post】	郵筒，信箱

この　中学校は＿＿＿＿＿が　200人　います。
這所國中有200位學生。

＿＿＿＿＿の　部屋は　こちらです。
老師的房間在這裡。

この　アパートは＿＿＿＿＿しか　貸しません。
這間公寓只承租給學生。

私は＿＿＿＿＿に　なりたいです。
我想當醫生。

＿＿＿＿＿、駅は　どこですか。
警察先生，車站在哪裡？

田中さんは　一週間＿＿＿＿＿を　休んで　います。
田中先生向公司請了一週的假。

明日は＿＿＿＿＿が　あります。
明天要工作。

前の　車、止めて　ください。＿＿＿＿＿です。
前方車輛請停車。我們是警察。

＿＿＿＿＿を　三枚と　封筒を　五枚　お願いします。
請給我三張明信片和五個信封。

郵便局で＿＿＿＿＿を　買います。
在郵局買郵票。

きのう　友達に＿＿＿＿＿を　書きました。
昨天寫了封信給朋友。

＿＿＿＿＿に　お金が　八万円　入って　いました。
信封裡裝了八萬日圓。

＿＿＿＿＿を　二枚　買いました。
買了兩張車票。

この　辺に＿＿＿＿＿は　ありますか。
這附近有郵筒嗎？

⑨ 葉書　　　　　⑩ 切手　　　　　⑪ 手紙
⑫ 封筒　　　　　⑬ 切符　　　　　⑭ ポスト

115

16 方向位置

①	<ruby>東<rt>ひがし</rt></ruby>	名 東，東方，東邊	類 <ruby>東方<rt>とうほう</rt></ruby>（東方） 對 <ruby>西<rt>にし</rt></ruby>（西方）
②	<ruby>西<rt>にし</rt></ruby>	名 西，西邊，西方	類 <ruby>西方<rt>せいほう</rt></ruby>（西方） 對 <ruby>東<rt>ひがし</rt></ruby>（東方）
③	<ruby>南<rt>みなみ</rt></ruby>	名 南，南方，南邊	類 <ruby>南方<rt>なんぽう</rt></ruby>（南方） 對 <ruby>北<rt>きた</rt></ruby>（北方）
④	<ruby>北<rt>きた</rt></ruby>	名 北，北方，北邊	類 <ruby>北方<rt>ほっぽう</rt></ruby>（北方） 對 <ruby>南<rt>みなみ</rt></ruby>（南方）
⑤	<ruby>上<rt>うえ</rt></ruby>	名 （位置）上面，上部	類 <ruby>上方<rt>じょうほう</rt></ruby>（上方） 對 <ruby>下<rt>した</rt></ruby>（下方）
⑥	<ruby>下<rt>した</rt></ruby>	名 （位置的）下，下面，底下；年紀小	類 <ruby>下方<rt>かほう</rt></ruby>（下方） 對 <ruby>上<rt>うえ</rt></ruby>（上方）
⑦	<ruby>左<rt>ひだり</rt></ruby>	名 左，左邊；左手	類 <ruby>左側<rt>ひだりがわ</rt></ruby>（左側） 對 <ruby>右<rt>みぎ</rt></ruby>（右方）
⑧	<ruby>右<rt>みぎ</rt></ruby>	名 右，右側，右邊，右方	類 <ruby>右側<rt>みぎがわ</rt></ruby>（右側） 對 <ruby>左<rt>ひだり</rt></ruby>（左方）
⑨	<ruby>外<rt>そと</rt></ruby>	名 外面，外邊；戶外	類 <ruby>外部<rt>がいぶ</rt></ruby>（外面） 對 <ruby>内<rt>うち</rt></ruby>（裡面）
⑩	<ruby>中<rt>なか</rt></ruby>	名 裡面，内部	類 <ruby>内部<rt>ないぶ</rt></ruby>（裡面） 對 <ruby>外<rt>そと</rt></ruby>（外面）
⑪	<ruby>前<rt>まえ</rt></ruby>	名 （空間的）前，前面	類 <ruby>前方<rt>ぜんぽう</rt></ruby>（前面） 對 <ruby>後ろ<rt>うし</rt></ruby>（後面）
⑫	<ruby>後<rt>うし</rt></ruby>ろ	名 後面；背面，背地裡	類 <ruby>後方<rt>こうほう</rt></ruby>（後面） 對 <ruby>前<rt>まえ</rt></ruby>（前面）
⑬	<ruby>向<rt>む</rt></ruby>こう	名 對面，正對面；另一側；那邊	類 <ruby>正面<rt>しょうめん</rt></ruby>（正面）

① ひがし 東

② にし 西 Ciao~

③ みなみ 南 熱 熱

④ きた 北

⑤ うえ 上

⑥ した 下

⑦ ひだり 左

⑧ みぎ 右

⑨ そと 外

⑩ なか 中 喵~

⑪ まえ 前

⑫ うし 後ろ

⑬ む 向こう 呵~

好吃喔！

我…我喜歡妳！

◯ CD2-3

1	ひがし 東	東，東方，東邊
2	にし 西	西，西邊，西方
3	みなみ 南	南，南方，南邊
4	きた 北	北，北方，北邊
5	うえ 上	（位置）上面，上部；年紀大
6	した 下	（位置的）下，下面，底下；年紀小
7	ひだり 左	左，左邊；左手
8	みぎ 右	右，右側，右邊，右方
9	そと 外	外面，外邊；戶外
10	なか 中	裡面，內部
11	まえ 前	（空間的）前，前面
12	うし 後ろ	後面；背面，背地裡
13	む 向こう	對面，正對面；另一側；那邊

答案　1 ひがし 東　　2 にし 西　　3 みなみ 南　　4 きた 北
5 うえ 上　　6 した 下　　7 ひだり 左

町の＿＿＿＿＿＿＿に 長い 川が あります。
城鎮的東邊有條長河。

＿＿＿＿＿＿＿の 空が 赤く なりました。
西邊的天色變紅了。

私は 冬が 好きではありませんから、＿＿＿＿＿＿へ 遊びに 行きます。
我不喜歡冬天，所以要去南方玩。

北海道は 日本の 一番＿＿＿＿＿＿＿に あります。
北海道在日本的最北邊。

リンゴが 机の＿＿＿＿＿＿＿に 置いて あります。
桌上放著蘋果。

あの 木の＿＿＿＿＿＿＿で お弁当を 食べましょう。
到那棵樹下吃便當吧。

レストランの＿＿＿＿＿＿＿に 本屋が あります。
餐廳的左邊有書店。

地下鉄は＿＿＿＿＿＿＿ですか、左ですか。
地下鐵是在右邊？還是左邊？

天気が 悪くて＿＿＿＿＿＿＿で スポーツが できません。
天候不佳，無法到外面運動。

公園の＿＿＿＿＿＿＿に 喫茶店が あります。
公園裡有咖啡廳。

机の＿＿＿＿＿＿＿に 何も ありません。
書桌前什麼也沒有。

山田君の＿＿＿＿＿＿＿に 立って いるのは 誰ですか。
站在山田同學背後的是誰呢？

交番は 橋の＿＿＿＿＿＿＿に あります。
派出所在橋的另一側。

⑧ 右	⑨ 外	⑩ 中
⑪ 前	⑫ 後ろ	⑬ 向こう

17 位置、距離、重量等

①	<ruby>隣<rt>となり</rt></ruby>	名 鄰居，鄰家；隔壁，旁邊；鄰近，附近	類 <ruby>横<rt>よこ</rt></ruby>（旁邊）
②	<ruby>側<rt>そば</rt></ruby>／<ruby>傍<rt>そば</rt></ruby>	名 旁邊，側邊；附近	類 <ruby>近<rt>ちか</rt></ruby>く（附近）
③	<ruby>横<rt>よこ</rt></ruby>	名 横；寬；側面；旁邊	類 <ruby>側面<rt>そくめん</rt></ruby>（側面） 對 <ruby>縦<rt>たて</rt></ruby>（長）
④	<ruby>角<rt>かど</rt></ruby>	名 角；（道路的）拐角，角落	類 <ruby>曲<rt>ま</rt></ruby>がり<ruby>目<rt>め</rt></ruby>（拐彎處）
⑤	<ruby>近<rt>ちか</rt></ruby>く	名 附近，近旁；（時間上）近期，靠近	類 <ruby>付近<rt>ふきん</rt></ruby>（附近）
⑥	<ruby>辺<rt>へん</rt></ruby>	名 附近，一帶；程度，大致	類 <ruby>辺<rt>あた</rt></ruby>り（周圍）
⑦	<ruby>先<rt>さき</rt></ruby>	名 先，早；頂端，尖端；前頭，最前端	對 <ruby>後<rt>あと</rt></ruby>（之後）
⑧	キロ（グラム）【（法）kilo (gramme)】	名 千克，公斤	
⑨	グラム【（法）gramme】	公克	
⑩	キロ（メートル）【（法）kilo (mêtre)】	名 一千公尺，一公里	
⑪	メートル【mêtre】	名 公尺，米	類 メーター（meter／公尺）
⑫	<ruby>半分<rt>はんぶん</rt></ruby>	名 半，一半，二分之一	類 <ruby>半<rt>はん</rt></ruby>（一半）
⑬	<ruby>次<rt>つぎ</rt></ruby>	名 下次，下回，接下來；第二，其次	類 <ruby>第二<rt>だいに</rt></ruby>（第二）
⑭	<ruby>幾<rt>いく</rt></ruby>ら	名 多少（錢，價格，數量等）	類 どのくらい（多少）

CD2-4

①	となり 隣	鄰居，鄰家；隔壁，旁邊；鄰近，附近
②	そば　そば 側／傍	旁邊，側邊；附近
③	よこ 横	横；寬；側面；旁邊
④	かど 角	角；（道路的）拐角，角落
⑤	ちか 近く	附近，近旁；（時間上）近期，靠近
⑥	へん 辺	附近，一帶；程度，大致
⑦	さき 先	先，早；頂端，尖端；前頭，最前端
⑧	キロ（グラム） 【(法) kilo (gramme)】	千克，公斤
⑨	グラム 【(法) gramme】	公克
⑩	キロ（メートル）【(法) kilo (mêtre)】	一千公尺，一公里
⑪	メートル【mètre】	公尺，米
⑫	はんぶん 半分	半，一半，二分之一
⑬	つぎ 次	下次，下回，接下來；第二，其次
⑭	いく 幾ら	多少（錢，價格，數量等）

答案　① となり 隣　　② そば　　③ よこ 横　　④ かど 角
　　　　⑤ ちか 近く　　⑥ へん 辺　　⑦ さき 先

花は　テレビの＿＿＿＿＿＿に　おきます。
把花放在電視的旁邊。

病院の＿＿＿＿＿＿に、たいてい　薬屋や　花屋が　あります。
醫院附近大多會有藥局跟花店。

交番は　橋の＿＿＿＿＿＿に　あります。
派出所在橋的旁邊。

その　店の＿＿＿＿＿＿を　左に　曲がって　ください。
請在那家店的轉角左轉。

駅の＿＿＿＿＿＿に　レストランが　あります。
車站附近有餐廳。

この＿＿＿＿＿＿に　お銭湯は　ありませんか。
這一帶有大眾澡堂嗎？

＿＿＿＿＿＿に　食べて　ください。私は　後で　食べます。
請先吃吧。我等一下就吃。

牛肉を　5＿＿＿＿＿＿ください。
請給我五公斤牛肉。

牛肉を　500＿＿＿＿＿＿買う。
買伍佰公克的牛肉。

マラソンは　42.195＿＿＿＿＿＿を　走る。
馬拉松要跑42.195公里。

私の　背の　高さは　1＿＿＿＿＿＿80センチです。
我身高1公尺80公分。

バナナを＿＿＿＿＿＿に　して　いっしょに　食べましょう。
把香蕉分成一半一起吃吧！

私は＿＿＿＿＿＿の　駅で　電車を　降ります。
我在下一站下電車。

この　本は＿＿＿＿＿＿ですか。
這本書多少錢？

⑧ キロ　　　　⑨ グラム　　　　⑩ キロ　　　　⑪ メートル
⑫ 半分　　　　⑬ 次　　　　⑭ 幾ら

1 意思相對的

1	<ruby>熱<rt>あつ</rt></ruby>い	形 （溫度）熱的，燙的	類 ホット（hot／熱的） 對 <ruby>冷<rt>つめ</rt></ruby>たい（冰涼）
2	<ruby>冷<rt>つめ</rt></ruby>たい	形 冷，涼；冷淡，不熱情	類 アイス（ice／冰的） 對 <ruby>熱<rt>あつ</rt></ruby>い（熱的）
3	<ruby>新<rt>あたら</rt></ruby>しい	形 新的；新鮮的；時髦的	類 <ruby>最新<rt>さいしん</rt></ruby>（最新） 對 <ruby>古<rt>ふる</rt></ruby>い（舊）
4	<ruby>古<rt>ふる</rt></ruby>い	形 以往；老舊，年久，老式	類 <ruby>旧式<rt>きゅうしき</rt></ruby>（舊式） 對 <ruby>新<rt>あたら</rt></ruby>しい（新）
5	<ruby>厚<rt>あつ</rt></ruby>い	形 厚；（感情，友情）深厚，優厚	類 <ruby>分厚<rt>ぶあつ</rt></ruby>い（厚） 對 <ruby>薄<rt>うす</rt></ruby>い（薄）
6	<ruby>薄<rt>うす</rt></ruby>い	形 薄；淡，淺；待人冷淡；稀少	類 うっすら（薄薄地） 對 <ruby>厚<rt>あつ</rt></ruby>い（厚）
7	<ruby>甘<rt>あま</rt></ruby>い	形 甜的；甜蜜的；（口味）淡的	類 <ruby>甘<rt>あま</rt></ruby>ったるい（太甜） 對 <ruby>辛<rt>から</rt></ruby>い（辣）
8	<ruby>辛<rt>から</rt></ruby>い／<ruby>鹹<rt>から</rt></ruby>い	形 辣，辛辣；嚴格；鹹的	類 <ruby>塩<rt>しお</rt></ruby>っぱい（鹹） 對 <ruby>甘<rt>あま</rt></ruby>い（甜）
9	<ruby>良<rt>い</rt></ruby>い／<ruby>良<rt>よ</rt></ruby>い	形 好，佳，良好；可以	類 <ruby>宜<rt>よろ</rt></ruby>しい（好） 對 <ruby>悪<rt>わる</rt></ruby>い（不好）
10	<ruby>悪<rt>わる</rt></ruby>い	形 不好，壞的；不對，錯誤	類 <ruby>不良<rt>ふりょう</rt></ruby>（不良） 對 <ruby>良<rt>よ</rt></ruby>い（好）
11	<ruby>忙<rt>いそが</rt></ruby>しい	形 忙，忙碌	類 <ruby>多忙<rt>たぼう</rt></ruby>（繁忙） 對 <ruby>暇<rt>ひま</rt></ruby>（空閒）
12	<ruby>暇<rt>ひま</rt></ruby>	名・形動 時間，功夫；空閒時間，暇餘	類 <ruby>手透<rt>てす</rt></ruby>き（空閒） 對 <ruby>忙<rt>いそが</rt></ruby>しい（繁忙）
13	<ruby>嫌<rt>きら</rt></ruby>い	形動 嫌惡，厭惡，不喜歡	類 <ruby>嫌<rt>いや</rt></ruby>（不喜歡） 對 <ruby>好<rt>す</rt></ruby>き（喜歡）

答案　1 <ruby>熱<rt>あつ</rt></ruby>い　　　3 <ruby>冷<rt>つめ</rt></ruby>たい　　　3 <ruby>新<rt>あたら</rt></ruby>しい　　　4 <ruby>古<rt>ふる</rt></ruby>い
5 <ruby>厚<rt>あつ</rt></ruby>い　　　6 <ruby>薄<rt>うす</rt></ruby>く　　　7 <ruby>甘<rt>あま</rt></ruby>い

_____コーヒーを　お願<ねが>いします。
請給我一杯熱咖啡。

お茶<ちゃ>は、_____のと　熱<あつ>いのと　どちらが　いいですか。
你茶要冷的還是熱的？

この　食堂<しょくどう>は_____ですね。
這間餐廳很新耶。

この　辞書<じしょ>は_____ですが、便利<べんり>です。
這本辭典雖舊但很方便。

冬<ふゆ>は_____コートが　ほしいです。
冬天我想要一件厚大衣。

パンを_____切<き>りました。
我將麵包切薄了。

この　ケーキは　とても_____です。
這塊蛋糕非常甜。

山田<やまだ>さんは_____ものが　大好<だいす>きです。
山田先生最喜歡吃辣的東西了。

ここは　静<しず>かで_____公園<こうえん>ですね。
這裡很安靜，真是座好公園啊。

今日<きょう>は　天気<てんき>が_____から、傘<かさ>を　持<も>って　いきます。
今天天氣不好，所以帶傘出門。

_____から、新聞<しんぶん>を　読<よ>みません。
因為太忙了，所以沒看報紙。

今日<きょう>　午後<ごご>から_____です。
今天下午後有空。

魚<さかな>は_____ですが、肉<にく>は　好<す>きです。
我討厭吃魚，可是喜歡吃肉。

| ⑧ 辛<から>い | ⑨ いい | ⑩ 悪<わる>い |
| ⑪ 忙<いそが>しい | ⑫ 暇<ひま> | ⑬ 嫌<きら>い |

⑭ 好^すき	形動 喜好，愛好；愛，產生感情	類 気^きに入^いる（中意） 對 嫌^{きら}い（討厭）
⑮ 美味^{おい}しい	形 美味的，可口的，好吃的	類 旨^{うま}い（美味） 對 不味^{まず}い（難吃）
⑯ 不味^{まず}い	形 不好吃，難吃	類 旨^{うま}くない（不好吃） 對 美味^{おい}しい（好吃）
⑰ 多^{おお}い	形 多，多的	類 たくさん（很多） 對 少^{すく}ない（少）
⑱ 少^{すく}ない	形 少，不多	類 僅^{わず}か（少許） 對 多^{おお}い（多）
⑲ 大^{おお}きい	形 （數量，體積等）大，巨大；（程度，範圍等）大，廣大	類 でかい（大的） 對 小^{ちい}さい（小的）
⑳ 小^{ちい}さい	形 小的；微少，輕微；幼小的	類 細^{こま}かい（細小的） 對 大^{おお}きい（大的）
㉑ 重^{おも}い	形 （份量）重，沉重	類 重^{おも}たい（重） 對 軽^{かる}い（輕）
㉒ 軽^{かる}い	形 輕的，輕巧的；（程度）輕微的；快活	類 軽快^{けいかい}（輕便） 對 重^{おも}い（沈重）
㉓ 面白^{おもしろ}い	形 好玩，有趣；新奇，別有風趣	類 興味深^{きょうみぶか}い（有趣） 對 つまらない（無聊）
㉔ つまらない	形 無趣，沒意思；無意義	類 くだらない（無意義） 對 面白^{おもしろ}い（好玩）
㉕ 汚^{きたな}い	形 骯髒；（看上去）雜亂無章，亂七八糟	類 汚^{けが}らわしい（汙穢） 對 綺麗^{きれい}（漂亮）
㉖ 綺麗^{きれい}	形動 漂亮，好看；整潔，乾淨	類 美^{うつく}しい（美麗） 對 汚^{きたな}い（骯髒）

どんな　色が＿＿＿＿＿＿ですか。
你喜歡什麼顏色呢？

この　料理は＿＿＿＿＿＿ですよ。
這道菜很好吃喔！

冷たく　なった　ラーメンは＿＿＿＿＿＿。
冷掉的拉麵真難吃。

漢字の　テストは　質問が＿＿＿＿＿＿です。
漢字小考的題目很多。

この　公園は　人が＿＿＿＿＿＿です。
這座公園人煙稀少。

名前は＿＿＿＿＿＿書きましょう。
名字要寫大一點喔！

この＿＿＿＿＿＿辞書は　誰のですか。
這本小辭典是誰的？

この　辞書は　厚くて＿＿＿＿＿＿です。
這本辭典又厚又重。

この　本は　薄くて＿＿＿＿＿＿です。
這本書又薄又輕。

この　映画は＿＿＿＿＿＿なかった。
這部電影不好看。

大人の　本は　子どもには＿＿＿＿＿＿でしょう。
我想大人看的書對小孩來講很無趣吧！

＿＿＿＿＿＿部屋だねえ。掃除して　ください。
真是骯髒的房間啊！請打掃一下。

鈴木さんの　自転車は　新しくて＿＿＿＿＿＿です。
鈴木先生的腳踏車又新又漂亮。

㉑ 重い　　　　㉒ 軽い　　　　㉓ 面白く
㉔ つまらない　㉕ 汚い　　　　㉖ 綺麗

㉗ しず 静か	形動 静止；平靜，沈穩；慢慢，輕輕	類 ひっそり（寂靜） 對 にぎ 賑やか（熱鬧）
㉘ にぎ 賑やか	形動 熱鬧，繁華；有說有笑，鬧哄哄	類 はん か 繁華（熱鬧） 對 しず 静か（安靜）
㉙ じょうず 上手	形動 （某種技術等）擅長，高明，厲害	類 きよう 器用（靈巧） 對 へ た 下手（笨拙）
㉚ へ た 下手	名・形動 （技術等）不高明，不擅長，笨拙	類 まずい（拙劣） 對 じょう ず 上手（高明）
㉛ せま 狭い	形 狹窄，狹小，狹隘	類 ちい 小さい（小） 對 ひろ 広い（寬大）
㉜ ひろ 広い	形 （面積，空間）廣大，寬廣；（幅度）寬闊；（範圍）廣泛	類 おお 大きい（大） 對 せま 狭い（窄小）
㉝ たか 高い	形 （價錢）貴；高，高的	類 こう か 高価（貴） 對 やす 安い（便宜）
㉞ ひく 低い	形 低，矮；卑微，低賤	類 みじか 短い（短的） 對 たか 高い（高的）
㉟ ちか 近い	形 （距離，時間）近，接近，靠近；相似	類 も より 最寄（最近） 對 とお 遠い（遠）
㊱ とお 遠い	形 （距離）遠；（關係）遠，疏遠；（時間間隔）久遠	類 はる 遥か（遙遠） 對 ちか 近い（近）
㊲ つよ 強い	形 強悍，有力；強壯，結實；堅強，堅決	類 たくま 逞しい（強壯） 對 よわ 弱い（軟弱）
㊳ よわ 弱い	形 弱的，不擅長	類 よわ か弱い（柔弱） 對 つよ 強い（強）
㊴ なが 長い	形 （時間、距離）長，長久，長遠	類 ながなが 長々（長長地） 對 みじか 短い（短）

図書館では＿＿＿＿＿に　歩いて　ください。
圖書館裡走路請放輕腳步。

この　八百屋さんは　いつも＿＿＿＿＿ですね。
這家蔬果店總是很熱鬧呢！

あの　子は　歌を＿＿＿＿＿に　歌います。
那孩子歌唱得很好。

兄は　英語が＿＿＿＿＿です。
哥哥的英文不好。

＿＿＿＿＿部屋ですが、いろんな　家具を　置いて　あります。
房間雖然狹小，但放了各種家具。

私の　アパートは＿＿＿＿＿て　静かです。
我家公寓既寬大又安靜。

あの　レストランは　まずくて、＿＿＿＿＿です。
那間餐廳又貴又難吃。

田中さんは　背が＿＿＿＿＿です。
田中小姐個子矮小。

すみません、図書館は＿＿＿＿＿ですか。
請問一下，圖書館很近嗎？

駅から　学校までは＿＿＿＿＿ですか。
車站到學校很遠嗎？

明日は　風が＿＿＿＿＿でしょう。
明天風很強吧。

女は　男より　力が＿＿＿＿＿です。
女生的力量比男生弱小。

この　川は　世界で　一番＿＿＿＿＿川です。
這條河是世界第一長河。

34 低い　　　35 近い　　　36 遠い
ひく　　　　　ちか　　　　　　とお

37 強い　　　38 弱い　　　39 長い
つよ　　　　　よわ　　　　　　なが

129

㊵ <ruby>短<rt>みじか</rt></ruby>い	形（時間）短少；（距離，長度等）短，近	類 <ruby>短<rt>たん</rt></ruby>（短少） 對 <ruby>長<rt>なが</rt></ruby>い（長）
㊶ <ruby>太<rt>ふと</rt></ruby>い	形 粗，肥胖	類 <ruby>太<rt>ふと</rt></ruby>め（較粗） 對 <ruby>細<rt>ほそ</rt></ruby>い（細瘦）
㊷ <ruby>細<rt>ほそ</rt></ruby>い	形 細，細小；狹窄；微少	類 <ruby>細<rt>ほそ</rt></ruby>やか（纖細） 對 <ruby>太<rt>ふと</rt></ruby>い（肥胖）
㊸ <ruby>難<rt>むずか</rt></ruby>しい	形 難，困難，難辦；麻煩，複雜	類 <ruby>難解<rt>なんかい</rt></ruby>（費解） 對 <ruby>易<rt>やさ</rt></ruby>しい（容易）
㊹ やさしい	形 簡單，容易，易懂	類 <ruby>容易<rt>たやす</rt></ruby>い（容易） 對 <ruby>難<rt>むずか</rt></ruby>しい（困難）
㊺ <ruby>明<rt>あか</rt></ruby>るい	形 明亮，光明的；鮮明；爽朗	類 <ruby>明<rt>あき</rt></ruby>らか（明亮） 對 <ruby>暗<rt>くら</rt></ruby>い（暗）
㊻ <ruby>暗<rt>くら</rt></ruby>い	形（光線）暗，黑暗；（顏色）發暗	類 ダーク（dark／暗） 對 <ruby>明<rt>あか</rt></ruby>るい（亮）
㊼ <ruby>速<rt>はや</rt></ruby>い	形（速度等）快速	類 <ruby>速<rt>すみ</rt></ruby>やか（迅速） 對 <ruby>遅<rt>おそ</rt></ruby>い（慢）
㊽ <ruby>遅<rt>おそ</rt></ruby>い	形（速度上）慢，遲緩；（時間上）遲，晚；趕不上	類 <ruby>鈍<rt>にぶ</rt></ruby>い（緩慢） 對 <ruby>速<rt>はや</rt></ruby>い（快）

答案 ㊵ <ruby>短<rt>みじか</rt></ruby>く ㊶ <ruby>太<rt>ふと</rt></ruby>い ㊷ <ruby>細<rt>ほそ</rt></ruby>い ㊸ <ruby>難<rt>むずか</rt></ruby>しく

㊹ やさしかっ ㊺ <ruby>明<rt>あか</rt></ruby>るい ㊻ <ruby>暗<rt>くら</rt></ruby>く

暑_{あつ}いから、髪_{かみ}の 毛_けを_____切_きった。
因為很熱，所以剪短了頭髮。

大切_{たいせつ}な ところに_____線_{せん}で 引_ひいて あります。
重點部分有用粗線畫起來。

車_{くるま}は_____道_{みち}を 通_{とお}るので、危_{あぶ}ないです。
因為車子要開進窄道，所以很危險。

この テストは_____ないです。
這考試不難。

テストは_____たです。
考試很簡單。

_____色_{いろ}が 好_すきです。
我喜歡亮的顏色。

空_{そら}が_____なりました。
天空變暗了。

バスと タクシーの どっちが_____ですか。
巴士和計程車哪個比較快？

山中_{やまなか}さんは_____ですね。
山中先生好慢啊！

㊼ 速_{はや}い　　　　㊽ 遅_{おそ}い

欲速則不達～

2 | 其他形容詞

CD2-6

①	<ruby>暖<rt>あたた</rt></ruby>かい／<ruby>温<rt>あたた</rt></ruby>かい	形 溫暖的，溫和的；和睦的，親切的	類 ぽかぽか（暖和） 對 <ruby>冷<rt>つめ</rt></ruby>たい（冰涼）
②	<ruby>危<rt>あぶ</rt></ruby>ない	形 危險，不安全； （形勢，病情等）危急	類 <ruby>危険<rt>きけん</rt></ruby>（危險） 對 <ruby>安全<rt>あんぜん</rt></ruby>（安全）
③	<ruby>痛<rt>いた</rt></ruby>い	形 疼痛；（因為遭受打擊而）痛苦，難過	類 <ruby>傷<rt>いた</rt></ruby>む（疼痛）
④	<ruby>可愛<rt>かわい</rt></ruby>い	形 可愛，討人喜愛； 小巧玲瓏	類 <ruby>愛<rt>いと</rt></ruby>しい（可愛） 對 <ruby>憎<rt>にく</rt></ruby>い（可惡）
⑤	<ruby>楽<rt>たの</rt></ruby>しい	形 快樂，愉快，高興	類 <ruby>喜<rt>よろこ</rt></ruby>ばしい（可喜） 對 <ruby>苦<rt>くる</rt></ruby>しい（痛苦）
⑥	<ruby>無<rt>な</rt></ruby>い	形 沒，沒有；無，不在	類 <ruby>無<rt>な</rt></ruby>し（沒有） 對 <ruby>有<rt>あ</rt></ruby>る（有）
⑦	<ruby>早<rt>はや</rt></ruby>い	形 （時間等）迅速，早	類 <ruby>尚早<rt>しょうそう</rt></ruby>（尚早） 對 <ruby>遅<rt>おそ</rt></ruby>い（慢）
⑧	<ruby>丸<rt>まる</rt></ruby>い／<ruby>円<rt>まる</rt></ruby>い	形 圓形，球形	類 <ruby>球状<rt>きゅうじょう</rt></ruby>（球形）
⑨	<ruby>安<rt>やす</rt></ruby>い	形 便宜，（價錢）低廉	類 <ruby>安価<rt>あんか</rt></ruby>（廉價） 對 <ruby>高<rt>たか</rt></ruby>い（貴）
⑩	<ruby>若<rt>わか</rt></ruby>い	形 年輕，年紀小，有朝氣	類 <ruby>若々<rt>わかわか</rt></ruby>しい（朝氣蓬勃） 對 <ruby>老<rt>お</rt></ruby>いた（年老的）

答案　① <ruby>暖<rt>あたた</rt></ruby>かっ/<ruby>暖<rt>あたた</rt></ruby>かく　② <ruby>危<rt>あぶ</rt></ruby>ない　③ <ruby>痛<rt>いた</rt></ruby>い　④ かわいい
　　　⑤ <ruby>楽<rt>たの</rt></ruby>しかっ　⑥ ない　⑦ <ruby>早<rt>はや</rt></ruby>く

昨日は＿＿＿＿＿＿たですが、今日は＿＿＿＿＿＿ないです。
昨天很暖和，但是今天不暖和。

あ、＿＿＿＿＿＿＿！車が　来ますよ。
啊！危險！有車子來囉！

午前中から　耳が＿＿＿＿＿＿。
從早上開始耳朵就很痛。

猫も　犬も＿＿＿＿＿＿です。
貓跟狗都很可愛。

旅行は＿＿＿＿＿＿たです。
旅行真愉快。

日本に4,000メートルより　高い　山が＿＿＿＿＿＿。
日本沒有高於4000公尺的山。

時間が　ありません。＿＿＿＿＿＿して　ください。
沒時間了。請快一點！

＿＿＿＿＿＿建物が　あります。
有棟圓形的建築物。

あの　店の　ケーキは＿＿＿＿＿＿て　おいしいですね。
那家店的蛋糕既便宜又好吃呀。

コンサートは＿＿＿＿＿＿人で　いっぱいだ。
演唱會裡擠滿了年輕人。

⑧ 丸い　　　　　　　⑨ 安く　　　　　　　⑩ 若い

133

3 | 其他形容動詞　　⊙ CD2-7

①	いや 嫌	形動 討厭，不喜歡，不願意；厭煩	類 嫌い（討厭） 對 好き（喜歡）
②	いろいろ 色々	形動 各種各樣，各式各樣，形形色色	類 様々 （形形色色）
③	おな 同じ	形動 相同的，一樣的，同等的；同一個	類 同様（同様）
④	けっこう 結構	形動 很好，漂亮；可以，足夠；（表示否定）不要	類 素晴らしい（極好）
⑤	げん き 元気	形動 精神，朝氣；健康；（萬物生長的）元氣	類 健康（健康）
⑥	じょう ぶ 丈夫	形動 （身體）健壯，健康；堅固，結實	類 元気（精力充沛）
⑦	だいじょう ぶ 大丈夫	形動 牢固，可靠；放心；沒問題，沒關係	類 安心（放心）
⑧	だい す 大好き	形動 非常喜歡，最喜好	類 好き（喜歡） 對 大嫌い（最討厭）
⑨	たいせつ 大切	形動 重要，重視；心愛，珍惜	類 大事（重要）
⑩	たいへん 大変	形動 重大，嚴重，不得了	類 重大（重大）
⑪	べん り 便利	形動 方便，便利	類 利便（便利） 對 不便（不便）
⑫	ほんとう 本当	名・形動 真正	類 ほんと（真的） 對 嘘（謊言）
⑬	ゆうめい 有名	形動 有名，聞名，著名	類 著名（著名） 對 無名（沒名氣）
⑭	りっ ぱ 立派	形動 了不起，出色，優秀；漂亮，美觀	類 素敵（極好） 對 貧弱（遜色）

答案　① いや
嫌　　② いろいろ　　③ おな
同じ　　④ けっこう

　⑤ げん き
元気　　⑥ じょうぶ
丈夫　　⑦ だいじょう ぶ
大丈夫　　⑧ だい す
大好き

今日は　暑くて＿＿＿＿＿ですね。
今天好熱，真討厭。

ここでは＿＿＿＿＿な　国の　人が　働いて　います。
來自各種不同國家的人在這裡工作。

＿＿＿＿＿日に　六回も　電話を　かけました。
同一天內打了六通之多的電話。

ご飯は　もう＿＿＿＿＿です。
飯我就不用了。

どの　人が　一番＿＿＿＿＿ですか。
那個人最有精神呢？

体が＿＿＿＿＿に　なりました。
身體變健康了。

風は　強かったですが、服を　たくさん　着て　いたから＿＿＿＿＿でした。
雖然風很大，但我穿了很多衣服所以沒關係。

妹は　甘い　ものが＿＿＿＿＿です。
妹妹最喜歡吃甜食了。

＿＿＿＿＿な　紙ですから、失くさないで　ください。
這是張很重要的紙，請別搞丟了。

「風邪で　頭が　痛いです。」「それは＿＿＿＿＿ですね。」
「因為感冒頭很痛。」「那可不得了呀！」

あの　建物は　エレベーターが　あって＿＿＿＿＿です。
那棟建築物有電梯很方便。

これは　＿＿＿＿＿の　お金では　ありません。
這不是真鈔。

この　ホテルは＿＿＿＿＿です。
這間飯店很有名。

私は＿＿＿＿＿な　医者に　なりたいです。
我想成為一位出色的醫生。

9 大切　　10 大変　　11 便利
12 本当　　13 有名　　14 立派

135

1 意思相對的

🔘 CD2-8

①	と 飛ぶ	自五 飛，飛行，飛翔	類 飛行する（飛行）
②	ある 歩く	自五 走路，步行	類 歩む（行走） 對 走る（奔跑）
③	い 入れる	他下一 放入，裝進；送進，收容	類 しまう（收拾起來） 對 出す（拿出）
④	だ 出す	他五 拿出，取出；伸出；寄	類 差し出す（交出） 對 受ける（得到）
⑤	い 行く／行く	自五 去，往；行，走；離去；經過，走過	類 出かける（出門） 對 来る（來）
⑥	く 来る	自力 （空間，時間上的）來，到來	類 訪れる（到來） 對 行く（去）
⑦	う 売る	他五 賣，販賣；出賣	類 商う（營商） 對 買う（買）
⑧	か 買う	他五 購買	類 購う（購買） 對 売る（賣）
⑨	お 押す	他五 推，擠；壓，按	類 後押し（從後面推） 對 引く（拉）
⑩	ひ 引く	他五 拉，拖；翻查；感染	類 引き寄せる（拉到近旁） 對 押す（推）
⑪	お 降りる	自上一 （從高處）下來，降落；（從車，船等）下來；（霜雪等）落下	類 下る（下去） 對 上がる（登上）
⑫	の 乗る	自五 騎乘，坐；登上	類 乗り込む（坐上） 對 降りる（下來）
⑬	か 貸す	他五 借出，借給；出租；提供（智慧與力量）	類 使わせる（讓對方使用） 對 借りる（借）

答案
① と
飛ん ② ある
歩き ③ い
入れ ④ だ
出し
⑤ い
行き ⑥ く
来る ⑦ う
売っ

南の ほうへ 鳥が＿＿＿＿＿で いきました。
鳥往南方飛去了。

歌を 歌いながら＿＿＿＿＿ましょう。
一邊唱歌一邊走吧！

青い ボタンを 押して から、テープを＿＿＿＿＿ます。
按下藍色按鈕後，再放入錄音帶。

きのう 友達に 手紙を＿＿＿＿＿ました。
昨天寄了封信給朋友。

大山さんが アメリカに＿＿＿＿＿ました。
大山先生去了美國。

山中さんは もうすぐ＿＿＿＿＿でしょう。
山中先生就快來了吧！

この 本屋は 音楽の 雑誌を＿＿＿＿＿て いますか。
這間書店有賣音樂雜誌嗎？

本屋で 本を＿＿＿＿＿ました。
在書店買了書。

白い ボタンを＿＿＿＿＿て から、テープを 入れます。
按下白色按鍵之後，放入錄音帶。

風邪を＿＿＿＿＿ました。ご飯を あまり 食べたく ないです。
我感冒了。不大想吃飯。

ここで バスを＿＿＿＿＿ます。
我在這裡下公車。

ここで タクシーに＿＿＿＿＿ます。
我在這裡搭計程車。

辞書を＿＿＿＿＿て ください。
請借我辭典。

⑧ 買い ⑨ 押し ⑩ 引き
⑪ 降り ⑫ 乗り ⑬ 貸し

137

⑭	借^かりる	他上一 借（進來）；借助；租用，租借	類 借^かり入^いれる（借入） 對 貸^かす（借出）
⑮	座^{すわ}る	自五 坐，跪座	類 着席^{ちゃくせき}する（就座） 對 立^たつ（站立）
⑯	立^たつ	自五 站立；冒，升；出發	類 起^おきる（立起來） 對 座^{すわ}る（坐）
⑰	食^たべる	他下一 吃，喝	類 食^くう（吃） 對 飲^のむ（喝）
⑱	飲^のむ	他五 喝，吞，嚥，吃（藥）	類 吸^すう（吸）
⑲	出掛^{でか}ける	自下一 出去，出門；要出去；到～去	類 外出^{がいしゅつ}する（外出）
⑳	帰^{かえ}る	自五 回來，回去；回歸；歸還	類 戻^{もど}る（回家） 對 行^いく（去）
㉑	出^でる	自下一 出來，出去，離開	類 現^{あらわ}れる（出現） 對 入^{はい}る（進入）
㉒	入^{はい}る	自五 進，進入，裝入	類 入^いる（進入） 對 出^でる（出去）
㉓	起^おきる	自上一 （倒著的東西）起來，立起來；起床	類 目覚^{めざ}める（睡醒） 對 寝^ねる（睡覺）
㉔	寝^ねる	自下一 睡覺，就寢；躺，臥	類 眠^{ねむ}る（睡覺） 對 起^おきる（起床）
㉕	脱^ぬぐ	他五 脫去，脫掉，摘掉	類 脱衣^{だつい}（脫衣） 對 着^きる（穿）
㉖	着^きる	他上一 （穿）衣服	類 着用^{ちゃくよう}する（穿） 對 脱^ぬぐ（脫）

答案 ⑭ 借^かり　⑮ 座^{すわ}っ　⑯ 立^たつ　⑰ 食^たべ
⑱ 飲^のん　⑲ 出^でかけ　⑳ 帰^{かえ}る

<ruby>銀<rt>ぎん</rt>行<rt>こう</rt></ruby>から お<ruby>金<rt>かね</rt></ruby>を＿＿＿＿＿た。
我向銀行借了錢。

どうぞ、こちらに＿＿＿＿＿て ください。
歡迎歡迎，請坐這邊。

<ruby>家<rt>いえ</rt></ruby>の <ruby>前<rt>まえ</rt></ruby>に <ruby>女<rt>おんな</rt></ruby>の <ruby>人<rt>ひと</rt></ruby>が＿＿＿＿＿て いた。
家門前站了個女人。

レストランで <ruby>千円<rt>せんえん</rt></ruby>の <ruby>魚料理<rt>さかなりょうり</rt></ruby>を＿＿＿＿＿ました。
在餐廳裡吃了一道千元的鮮魚料理。

<ruby>毎日<rt>まいにち</rt></ruby>、<ruby>薬<rt>くすり</rt></ruby>を＿＿＿＿＿で ください。
請每天吃藥。

<ruby>毎日<rt>まいにち</rt></ruby> <ruby>7時<rt>しちじ</rt></ruby>に＿＿＿＿＿ます。
每天7點出門。

<ruby>昨日<rt>きのう</rt></ruby> うちへ＿＿＿＿＿とき、<ruby>会社<rt>かいしゃ</rt></ruby>で <ruby>友達<rt>ともだち</rt></ruby>に <ruby>傘<rt>かさ</rt></ruby>を <ruby>借<rt>か</rt></ruby>りました。
昨天回家的時候，在公司向朋友借了把傘。

<ruby>7時<rt>しちじ</rt></ruby>に <ruby>家<rt>いえ</rt></ruby>を＿＿＿＿＿ます。
7點出門。

その <ruby>部屋<rt>へや</rt></ruby>に＿＿＿＿＿ないで ください。
請不要進去那房間。

<ruby>毎朝<rt>まいあさ</rt></ruby> <ruby>6時<rt>ろくじ</rt></ruby>に＿＿＿＿＿ます。
每天早上6點起床。

<ruby>疲<rt>つか</rt></ruby>れるから、<ruby>家<rt>いえ</rt></ruby>に <ruby>帰<rt>かえ</rt></ruby>って すぐに＿＿＿＿＿ます。
因為很累，所以回家後馬上就去睡。

コート＿＿＿＿＿でから、<ruby>部屋<rt>へや</rt></ruby>に <ruby>入<rt>はい</rt></ruby>ります。
脫掉外套後進房間。

<ruby>寒<rt>さむ</rt></ruby>いので たくさん <ruby>服<rt>ふく</rt></ruby>を＿＿＿＿＿ます。
因為天氣很冷，所以穿很多衣服。

21 <ruby>出<rt>で</rt></ruby>　　22 <ruby>入<rt>はい</rt></ruby>ら　　23 <ruby>起<rt>お</rt></ruby>き
24 <ruby>寝<rt>ね</rt></ruby>　　25 <ruby>脱<rt>ぬ</rt></ruby>い　　26 <ruby>着<rt>き</rt></ruby>

139

㉗	休む やす	自五 休息，歇息；停歇；睡，就寢	類 休息する（休息） きゅうそく 對 働く（工作） はたら
㉘	働く はたら	自五 工作，勞動，做工	類 労働する（工作） ろうどう 對 休む（休息） やす
㉙	生まれる う	自下一 出生；出現	類 誕生する（誕生） たんじょう 對 死ぬ（死亡） し
㉚	死ぬ し	自五 死亡；停止活動	類 死亡する（死亡） しぼう 對 生まれる（出生）
㉛	覚える おぼ	他下一 記住，記得；學會，掌握	類 記憶する（記憶） きおく 對 忘れる（忘記） わす
㉜	忘れる わす	他下一 忘記，忘掉；忘懷，忘卻；遺忘	類 遺忘する（遺忘） いぼう 對 覚える（記住） おぼ
㉝	教える おし	他下一 指導，教導；教訓；指教，告訴	類 教授する（教學） きょうじゅ 對 習う（學習） なら
㉞	習う なら	他五 學習，練習	類 学ぶ（學習） まな 對 教える（教授） おし
㉟	読む よ	他五 閱讀，看；唸，朗讀	類 閲読する（閱讀） えつどく 對 書く（書寫） か
㊱	書く か	他五 寫，書寫；作（畫）；寫作（文章等）	類 記す（書寫） しる 對 読む（閱讀） よ
㊲	描く か	他五 畫，繪製；描寫，描繪	
㊳	分かる わ	自五 知道，明白；懂，會，瞭解	類 理解する（明白） りかい
㊴	困る こま	自五 感到傷腦筋，困擾；難受，苦惱；沒有辦法	類 悩む（為難） なや
㊵	聞く き	他五 聽；聽說，聽到；聽從	類 聞こえる（聽見） き
㊶	話す はな	他五 說，講；告訴（別人），敘述	類 言う（說） い

答案　㉗ 休み
やす　　㉘ 働い
はたら　　㉙ 生まれ
う　　㉚ 死に
し

㉛ 覚え
おぼ　　㉜ 忘れ
わす　　㉝ 教え
おし　　㉞ 習っ
なら

疲れたから、ちょっと＿＿＿＿＿＿＿ましょう。
有點累了，休息一下吧。

山田夫婦は　いつも　一生懸命＿＿＿＿＿＿＿て　いますね。
山田夫妻兩人總是很賣力地工作呀！

その　女の子は　外国で＿＿＿＿＿＿＿ました。
那個女孩是在國外出生的。

私の　おじいさんは　十月に＿＿＿＿＿＿＿ました。
我的爺爺在十月過世了。

日本の　歌を　たくさん＿＿＿＿＿＿＿ました。
我學會了很多日本歌。

彼女の　電話番号を＿＿＿＿＿＿＿た。
我忘記了她的電話號碼。

山田さんは　日本語を＿＿＿＿＿＿＿て　います。
山田先生在教日文。

李さんは　日本語を＿＿＿＿＿＿＿て　います。
李小姐在學日語。

私は　毎日　コーヒーを　飲みながら、新聞を＿＿＿＿＿＿＿ます。
我每天邊喝咖啡邊看報紙。

試験を　始めますが、最初に　名前を＿＿＿＿＿＿＿て　ください。
考試即將開始，首先請將姓名寫上。

絵を　＿＿＿＿＿＿＿。
畫圖。

「この　花は　あそこに　おいて　ください。」「はい、＿＿＿＿＿＿＿ました。」
「請把這束花放在那裡。」「好，我知道了。」

お金が　なくて、＿＿＿＿＿＿＿て　います。
沒有錢真傷腦筋。

宿題を　した　後で、音楽を＿＿＿＿＿＿＿ます。
寫完作業後，聽音樂。

食べながら、＿＿＿＿＿＿＿ないで　ください。
請不要邊吃邊講話。

㉟ 読み　㊱ 書い　㊲ 描く　㊳ 分かり
㊴ 困っ　㊵ 聞き　㊶ 話さ

141

2 有自他動詞的

①	開く	自五 打開，開（著）；開業	類 開く（開） 對 閉まる（關閉）
②	開ける	他下一 打開；開始	類 開く（開） 對 閉める（關閉）
③	掛かる	自五 懸掛，掛上；覆蓋	類 ぶら下がる（垂吊）
④	掛ける	他下一 掛在（牆壁）；戴上（眼鏡）；捆上	類 垂らす（垂）
⑤	消える	自下一 （燈，火等）熄滅；（雪等）融化；消失，看不見	類 無くなる（不見）
⑥	消す	他五 熄掉，撲滅；關掉，弄滅；消失，抹去	類 消し止める（撲滅） 對 燃やす（燃燒）
⑦	閉まる	自五 關閉	類 閉じる（關閉） 對 開く（開）
⑧	閉める	他下一 關閉，合上；繫緊，束緊	類 閉じる（關閉） 對 開ける（打開）
⑨	並ぶ	自五 並排，並列，對排	類 連なる（成列）
⑩	並べる	他下一 排列，陳列；擺，擺放	類 連ねる（成列）
⑪	始まる	自五 開始，開頭；發生	類 スタート（start／開始） 對 終わる（結束）
⑫	始める	他下一 開始，創始	類 開始する（開始） 對 終わる（結束）

① 開く

② 開ける

③ 掛かる

④ 掛ける

釘子呢？

⑤ 消える

⑥ 消す

啊

⑦ 閉まる

⑧ 閉める

不看了

⑨ 並ぶ

⑩ 並べる

嘿咻

⑪ 始まる

要開始上課了

⑫ 始める

開始上課吧

Part5

CD2-9

①	開^あく	打開，開（著）；開業

| ② | 開^あける | 打開；開始 |

| ③ | 掛^{かか}る | 懸掛，掛上；覆蓋 |

| ④ | 掛^かける | 掛在（牆壁）；戴上（眼鏡）；捆上 |

| ⑤ | 消^きえる | （燈，火等）熄滅；（雪等）融化；消失，看不見 |

| ⑥ | 消^けす | 熄掉，撲滅；關掉，弄滅；消失，抹去 |

| ⑦ | 閉^しまる | 關閉 |

| ⑧ | 閉^しめる | 關閉，合上；繫緊，束緊 |

| ⑨ | 並^{なら}ぶ | 並排，並列，對排 |

| ⑩ | 並^{なら}べる | 排列，陳列；擺，擺放 |

| ⑪ | 始^{はじ}まる | 開始，開頭；發生 |

| ⑫ | 始^{はじ}める | 開始，創始 |

答案　① 開^あい　② 開^あけ　③ 掛^かかっ　④ 掛^かけ
⑤ 消^きえ　⑥ 消^けし　⑦ 閉^しまっ

144

日曜日、食堂は＿＿＿＿＿＿て　います。
星期日餐廳有營業。

ドアを＿＿＿＿＿＿て　ください。
請把門打開。

壁に　絵が＿＿＿＿＿＿て　います。
牆上掛著畫。

ここに　鏡を＿＿＿＿＿＿ましょう。
鏡子掛在這裡吧！

風で　ろうそくが＿＿＿＿＿＿ました。
風將燭火給吹熄了。

地震の　ときは　すぐ　火を＿＿＿＿＿＿ましょう。
地震的時候趕緊關火吧！

強い　風で　窓が＿＿＿＿＿＿た。
窗戶因強風而關上了。

ドアが　閉まって　いません。＿＿＿＿＿＿て　ください。
門沒關，請把它關起來。

私と　彼女が　二人＿＿＿＿＿＿で　立って　いる。
我和她兩人一起並排站著。

玄関に　スリッパを＿＿＿＿＿＿た。
我在玄關的地方擺放了室內拖鞋。

もうすぐ　夏休みが＿＿＿＿＿＿ます。
暑假即將來臨。

1時に　なりました。それでは　テストを＿＿＿＿＿＿ます。
1點了。那麼開始考試。

---

⑧ 閉め　⑨ 並ん　⑩ 並べ

⑪ 始まり　⑫ 始め

3 する動詞

CD2-10

❶	する	他サ 做，進行	類 やる（做）
❷	せんたく 洗濯・する	名・他サ 洗衣服，清洗，洗滌	類 あら 洗う（洗）
❸	そうじ 掃除・する	名・他サ 打掃，清掃，掃除	類 せいそう 清掃する（清掃）
❹	りょこう 旅行・する	名・自サ 旅行，旅遊，遊歷	類 たび 旅（旅行）
❺	さんぽ 散歩・する	名・自サ 散步，隨便走走	類 さんさく 散策する（散步）
❻	べんきょう 勉強・する	名・他サ 努力學習，唸書	類 がくしゅう 学習する（學習）
❼	れんしゅう 練習・する	名・他サ 練習，反覆學習	類 しゅうれん 習練する（反覆練習）
❽	けっこん 結婚・する	名・自サ 結婚	類 とつ 嫁ぐ（出嫁） 對 りこん 離婚する（離婚）
❾	しつもん 質問・する	名・自サ 提問，問題，疑問	類 たず 尋ねる（詢問） 對 こた 答える（回答）

答案 ❶ し ❷ せんたく
洗濯 ❸ そうじ
掃除 ❹ りょこう
旅行
❺ さんぽ
散歩 ❻ べんきょう
勉強 ❼ れんしゅう
練習

昨日、スポーツを＿＿＿＿＿ました。
昨天做了運動。

昨日＿＿＿＿＿を　しました。
昨天洗了衣服。

私が＿＿＿＿＿を　しましょうか。
我來打掃好嗎？

外国に＿＿＿＿＿に　行きます。
我要去外國旅行。

私は　毎朝　公園を＿＿＿＿＿します。
我每天早上都去公園散步。

金さんは　日本語を＿＿＿＿＿して　います。
金小姐在學日語。

何度も　発音の＿＿＿＿＿を　したから、発音は　きれいに　なった。
因為不斷地練習發音，所以發音變漂亮了。

兄は　今　３５歳で＿＿＿＿＿して　います。
哥哥現在是35歲，已婚。

英語の　テストは＿＿＿＿＿が　難しかったです。
英文測驗的題目好難。

❽ 結婚　　　❾ 質問

4 其他動詞

①	<ruby>会<rt>あ</rt></ruby>う	自五 見面，遇見，碰面	類 <ruby>面会<rt>めんかい</rt></ruby>する（會面）
②	<ruby>上<rt>あ</rt></ruby>げる／<ruby>挙<rt>あ</rt></ruby>げる	他下一 送給；舉起	類 <ruby>持<rt>も</rt></ruby>ち<ruby>上<rt>あ</rt></ruby>げる（抬起） 對 <ruby>下<rt>お</rt></ruby>ろす（放下）
③	<ruby>遊<rt>あそ</rt></ruby>ぶ	自五 遊玩；遊覽，消遣	類 <ruby>浮<rt>う</rt></ruby>かれる（快活）
④	<ruby>浴<rt>あ</rt></ruby>びる	他上一 淋，浴，澆；照，曬	類 <ruby>浴<rt>よく</rt></ruby>する（淋浴）
⑤	<ruby>洗<rt>あら</rt></ruby>う	他五 沖洗，清洗；（徹底）調查，查（清）	類 <ruby>濯<rt>すす</rt></ruby>ぐ（洗滌）
⑥	<ruby>在<rt>あ</rt></ruby>る	自五 在，存在	類 <ruby>存<rt>そん</rt></ruby>する（存在） 對 <ruby>無<rt>な</rt></ruby>い（沒有）
⑦	<ruby>有<rt>あ</rt></ruby>る	自五 有，持有，具有	類 <ruby>持<rt>も</rt></ruby>つ（持有） 對 <ruby>無<rt>な</rt></ruby>い（沒有）
⑧	<ruby>言<rt>い</rt></ruby>う	他五 說，講；說話，講話	類 <ruby>話<rt>はな</rt></ruby>す（說）
⑨	<ruby>居<rt>い</rt></ruby>る	自上一 （人或動物的存在）有，在；居住	類 いらっしゃる（（敬）在）
⑩	<ruby>要<rt>い</rt></ruby>る	自五 要，需要，必要	類 <ruby>必要<rt>ひつよう</rt></ruby>（必要）
⑪	<ruby>歌<rt>うた</rt></ruby>う	他五 唱歌；歌頌	類 <ruby>歌唱<rt>かしょう</rt></ruby>する（歌唱）
⑫	<ruby>置<rt>お</rt></ruby>く	他五 放，放置；降，下	類 <ruby>位置<rt>いち</rt></ruby>させる（放置）
⑬	<ruby>泳<rt>およ</rt></ruby>ぐ	自五 （人，魚等在水中）游泳；穿過，度過	類 <ruby>水泳<rt>すいえい</rt></ruby>する（游泳）
⑭	<ruby>終<rt>お</rt></ruby>わる	自五 完畢，結束，終了	類 <ruby>済<rt>す</rt></ruby>む（結束） 對 <ruby>始<rt>はじ</rt></ruby>まる（開始）

答案　① <ruby>会<rt>あ</rt></ruby>い　② <ruby>上<rt>あ</rt></ruby>げ　③ <ruby>遊<rt>あそ</rt></ruby>ば　④ <ruby>浴<rt>あ</rt></ruby>び
⑤ <ruby>洗<rt>あら</rt></ruby>い　⑥ あり　⑦ あり　⑧ <ruby>言<rt>い</rt></ruby>い

大山さんと 駅で＿＿＿＿＿ました。
我在車站與大山先生碰了面。

わかった 人は 手を＿＿＿＿＿て ください。
知道的人請舉手。

ここで＿＿＿＿＿ないで ください。
請不要在這裡玩耍。

シャワーを＿＿＿＿＿た後で 朝ご飯を 食べました。
沖完澡後吃了早餐。

昨日 洋服を＿＿＿＿＿ました。
我昨天洗了衣服。

トイレは あちらに＿＿＿＿＿ます。
廁所在那邊。

春休みは どのぐらい＿＿＿＿＿ますか。
春假有多久呢？

山田さんは「家内と いっしょに 行きました」と＿＿＿＿＿ました。
山田先生說「我跟太太一起去了」。

どのぐらい 東京に＿＿＿＿＿ますか。
你要待在東京多久？

郵便局へ 行きますが、林さんは 何か＿＿＿＿＿ますか。
我要去郵局，林先生要我幫忙辦些什麼事？

毎週 一回、カラオケで＿＿＿＿＿ます。
每週唱一次卡拉OK。

机の 上に 本を＿＿＿＿＿ないで ください。
桌上請不要放書。

私は 夏に 海で＿＿＿＿＿たいです。
夏天我想到海邊游泳。

パーティーは 九時に＿＿＿＿＿ます。
派對在九點結束。

⑨ 居い
⑩ いり
⑪ 歌うたい
⑫ 置おか
⑬ 泳およぎ
⑭ 終おわり

⑮ 返す^{かえ}	他五 還，歸還，退還；送回（原處）	類 戻す（歸還） 對 借りる（借）
⑯ 掛ける^か	他下一 打電話	
⑰ 被る^{かぶ}	他五 戴（帽子等）；（從頭上）蒙，蓋（被子）；（從頭上）套，穿	類 覆う（覆蓋）
⑱ 切る^き	他五 切，剪，裁剪；切傷	類 切断する（切斷）
⑲ 下さい^{くだ}	補助 （表請求對方作）請給（我）；請~	類 ちょうだい（請~）
⑳ 答える^{こた}	自下一 回答，答覆，解答	類 返事する（回答）
㉑ 咲く^さ	自五 開（花）	類 開く（開）
㉒ 差す^さ	他五 撐（傘等）；插	類 翳す（舉到頭上）
㉓ 締める^し	他下一 勒緊；繫著	類 引き締める（勒緊）
㉔ 知る^し	他五 知道，得知；理解；認識；學會	類 気付く（察覺）
㉕ 吸う^す	他五 吸，抽；啜；吸收	類 吸い込む（吸入） 對 吐く（吐出）
㉖ 住む^す	自五 住，居住；（動物）棲息，生存	類 居住する（居住）
㉗ 頼む^{たの}	他五 請求，要求；委託，託付；依靠	類 依頼する（委託）
㉘ 違う^{ちが}	自五 不同，差異；錯誤；違反，不符	類 違える（弄錯） 對 同じ（一樣）

答案 ⑮ 返し^{かえ}　⑯ 掛け^か　⑰ かぶっ^{かぶ}　⑱ 切っ^き
　　　⑲ ください^{くだ}　⑳ 答え^{こた}　㉑ 咲い^さ　㉒ さし^さ

としょかん　ほん
図書館へ　本を＿＿＿＿＿＿に　行きます。
我去圖書館還書。

ろくじ　　だいがく　せんせい　でんわ
六時ごろ　大学の　先生に　電話を＿＿＿＿＿＿ました。
六點左右我打了電話給大學老師。

ぼうし　　　　　　　　　　ひと　　たなか
あの　帽子を＿＿＿＿＿て　いる　人が　田中さんです。
那個戴著帽子的人就是田中先生。

ナイフで　スイカを＿＿＿＿＿＿た。
用刀切開了西瓜。

へや
部屋を　きれいに　して＿＿＿＿＿。
請把房間整理乾淨。

やまだくん　　　　　　　しつもん
山田君、この　質問に＿＿＿＿＿て　ください。
山田同學，請回答這個問題。

こうえん　　さくら　はな
公園に　桜の　花が＿＿＿＿＿＿て　います。
公園裡開著櫻花。

あめ　　かさ
雨だ。傘を＿＿＿＿＿＿ましょう。
下雨了，撐傘吧。

くるま　なか
車の　中では、シートベルトを＿＿＿＿＿て　ください。
車子裡請繫上安全帶。

しんぶん　あした　てんき
新聞で　明日の　天気を＿＿＿＿＿＿た。
看報紙得知明天的天氣。

やま　い　　　　　　　　　くうき
山へ　行って、きれいな　空気を＿＿＿＿＿たいですね。
好想去山上呼吸新鮮空氣啊。

みんな　この　ホテルに＿＿＿＿＿で　います。
大家都住在這間飯店。

おとこ　ひと　　　　の　もの
男の人が　飲み物を＿＿＿＿＿で　います。
男人正在點飲料。

やまだ　　かさ
「これは　山田さんの　傘ですか。」「いいえ、＿＿＿＿ます。」
「這是山田小姐的傘嗎？」「不，不是。」

し
23 締め

し
24 知っ

す
25 吸い

す
26 住ん

たの
27 頼ん

ちが
28 違い

Part5

㉙	<ruby>使<rt>つか</rt></ruby>う	**他五** 使用；雇傭；花費	**類** <ruby>使用<rt>しよう</rt></ruby>する（使用）
㉚	<ruby>疲<rt>つか</rt></ruby>れる	**自下一** 疲倦，疲勞	**類** くたびれる（疲勞）
㉛	<ruby>着<rt>つ</rt></ruby>く	**自五** 到，到達，抵達；寄到	**類** <ruby>到着<rt>とうちゃく</rt></ruby>する（抵達）
㉜	<ruby>作<rt>つく</rt></ruby>る	**他五** 做，造；創造；寫，創作	**類** <ruby>製作<rt>せいさく</rt></ruby>する（製作）
㉝	<ruby>点<rt>つ</rt></ruby>ける	**他下一** 點（火），點燃；扭開（開關），打開	**類** <ruby>点火<rt>てんか</rt></ruby>する（點火） **對** <ruby>消<rt>け</rt></ruby>す（關掉）
㉞	<ruby>勤<rt>つと</rt></ruby>める	**自下一** 工作，任職；擔任（某職務）	**類** <ruby>出勤<rt>しゅっきん</rt></ruby>する（上班）
㉟	<ruby>出来<rt>でき</rt></ruby>る	**自上一** 能，可以，辦得到；做好，做完	**類** <ruby>出来上<rt>できあ</rt></ruby>がる（完成）
㊱	<ruby>止<rt>と</rt></ruby>まる	**自五** 停，停止，停靠；停息，停頓	**類** <ruby>停止<rt>ていし</rt></ruby>する（停止） **對** <ruby>進<rt>すす</rt></ruby>む（前進）
㊲	<ruby>取<rt>と</rt></ruby>る	**他五** 拿取，執，握；採取，摘；（用手）操控	**類** <ruby>掴<rt>つか</rt></ruby>む（抓住）
㊳	<ruby>撮<rt>と</rt></ruby>る	**他五** 拍照，拍攝	**類** <ruby>撮影<rt>さつえい</rt></ruby>する（攝影）
㊴	<ruby>鳴<rt>な</rt></ruby>く	**自五** （鳥，獸，虫等）叫，鳴	**類** <ruby>唸<rt>うな</rt></ruby>る（吼）
㊵	<ruby>無<rt>な</rt></ruby>くす	**他五** 喪失	**類** <ruby>失<rt>うしな</rt></ruby>う（失去）
㊶	<ruby>為<rt>な</rt></ruby>る	**自五** 成為，變成；當（上）	**類** <ruby>変<rt>か</rt></ruby>わる（變成）
㊷	<ruby>登<rt>のぼ</rt></ruby>る	**自五** 登，上；攀登（山）	**類** <ruby>上<rt>あ</rt></ruby>がる（上升） **對** <ruby>下<rt>くだ</rt></ruby>る（下來）

和食は お箸を＿＿＿＿＿、洋食は フォークと ナイフを＿＿＿＿＿ます。
日本料理用筷子，西洋料理則用餐叉和餐刀。

一日中 仕事を して、＿＿＿＿＿＿ました。
工作了一整天，真是累了。

毎日 7時に＿＿＿＿＿＿ます。
每天7點抵達。

昨日 料理を＿＿＿＿＿＿ました。
我昨天做了菜。

部屋の 電気を＿＿＿＿＿＿ました。
我打開了房間的電燈。

私は 銀行に ３５年間＿＿＿＿＿＿ました。
我在銀行工作了35年。

山田さんは ギターも ピアノも＿＿＿＿＿＿ますよ。
山田小姐既會彈吉他又會彈鋼琴呢。

次の 電車は 学校の 近くに＿＿＿＿＿ませんから、乗らないで ください。
下班車不停學校附近，所以請不要搭乘。

田中さん、その 新聞を＿＿＿＿＿＿て ください。
田中先生，請幫我拿那份報紙。

ここで 写真を＿＿＿＿＿＿たいです。
我想在這裡拍照。

木の 上で 鳥が＿＿＿＿＿＿て います。
鳥在樹上叫。

大事な ものだから、＿＿＿＿＿＿ないで ください。
這東西很重要，所以請不要弄丟了。

天気は 暖かく＿＿＿＿＿＿ました。
天氣變暖和了。

私は 友達と 山に＿＿＿＿＿＿ました。
我和朋友去爬了山。

| ㊲ 取っ | ㊳ 撮り | ㊴ 鳴い | 153 |
| ㊵ なくさ | ㊶ なり | ㊷ 登り | |

㊸	履く／穿く（はく／はく）	他五 穿（鞋，襪；褲子等）	類 着ける（つける）（穿上）
㊹	走る（はしる）	自五 （人，動物）跑步，奔跑；（車，船等）行駛	類 駆ける（かける）（奔跑） 對 歩く（あるく）（走路）
㊺	貼る（はる）	他五 貼上，糊上，黏上	類 くっ付ける（つける）（黏在一起）
㊻	弾く（ひく）	他五 彈，彈奏，彈撥	類 撥ねる（はねる）（彈射）
㊼	吹く（ふく）	自五 （風）刮，吹；（緊縮嘴唇）吹氣	類 吹き込む（ふきこむ）（吹入）
㊽	降る（ふる）	自五 落，下，降（雨，雪，霜等）	類 落ちてくる（おちてくる）（落下）
㊾	曲がる（まがる）	自五 彎曲；拐彎	類 折れる（おれる）（轉彎）
㊿	待つ（まつ）	他五 等候，等待；期待，指望	類 待ち合わせる（まちあわせる）（等候碰面）
(51)	磨く（みがく）	他五 刷洗，擦亮；研磨，琢磨	類 擦る（こする）（摩擦）
(52)	見せる（みせる）	他下一 讓～看，給～看；表示，顯示	類 示す（しめす）（出示）
(53)	見る（みる）	他上一 看，觀看，察看；照料；參觀	類 眺める（ながめる）（眺望）
(54)	申す（もうす）	他五 叫做，稱；說，告訴	類 言う（いう）（說）
(55)	持つ（もつ）	他五 拿，帶，持，攜帶	類 携える（たずさえる）（攜帶）
(56)	やる	他五 做，幹；派遣，送去；維持生活；開業	類 する（做）

答案 ㊸ 穿い（はい）　㊹ 走り（はしり）　㊺ 貼っ（はっ）　㊻ 弾い（ひい）
㊼ 吹い（ふい）　㊽ 降っ（ふっ）　㊾ 曲がり（まがり）　㊿ 待ち（まち）

田中さんは　今日は　青い　ズボンを＿＿＿＿＿て　います。
田中先生今天穿藍色的褲子。

毎日　どれぐらい＿＿＿＿＿ますか。
每天大概跑多久？

封筒に　切手を＿＿＿＿＿て　出します。
在信封上貼上郵票後寄出。

ギターを＿＿＿＿＿て　いる　人は　李さんです。
那位在彈吉他的人是李先生。

今日は　風が　強く＿＿＿＿＿て　います。
今天風吹得很強。

雨が＿＿＿＿＿て　いる　から、今日は　出かけません。
因為下雨，所以今天不出門。

この　角を　右に＿＿＿＿＿ます。
在這個轉角右轉。

いっしょに＿＿＿＿＿ましょう。
一起等吧！

体を　洗う　前に、歯を＿＿＿＿＿ます。
洗澡前先刷牙。

先週　友達に　母の　写真を＿＿＿＿＿ました。
上禮拜拿了媽媽的照片給朋友看。

朝ご飯の　後で　テレビを＿＿＿＿＿ました。
早餐後看了電視。

はじめまして、楊と＿＿＿＿＿ます。
初次見面，我姓楊。

あなたは　お金を＿＿＿＿＿て　いますか。
你有帶錢嗎？

日曜日、食堂は＿＿＿＿＿て　います。
禮拜日餐廳有開。

51 磨き	52 見せ	53 見
54 申し	55 持つ	56 やっ

155

57	呼ぶ	他五 呼叫，招呼；喚來，叫來；叫做，稱為	類 招く（招呼）
58	渡す	他五 交給，交付	類 手渡す（親手交給）
59	渡る	自五 渡，過（河）；（從海外）渡來	類 越える（越過）

答案　57 呼び　　58 渡し　　59 渡る

パーティーに　中山(なかやま)さんを＿＿＿＿＿＿ました。
我請了中山小姐來參加派對。

兄(あに)に　新聞(しんぶん)を＿＿＿＿＿＿た。
我拿了報紙給哥哥。

この　川(かわ)を＿＿＿＿＿＿と　東京(とうきょう)です。
過了這條河就是東京。

パーティーの時間(じかん)です。
（派對的時間到！）

1 ｜ 時候

1	おととい 一昨日	名 前天	類 一昨日（前天）いっさくじつ
2	きのう 昨日	名 昨天；近來，最近； 過去	類 昨日（昨天）さくじつ
3	きょう 今日	名 今天	類 本日（本日）ほんじつ
4	いま 今	名 現在，此刻；（表最 近的將來）馬上；剛才	類 現在（現在）げんざい
5	あした 明日	名 明天	類 明日（明天）あ す
6	あさって 明後日	名 後天	類 明後日（後天）みょう ご にち
7	まいにち 毎日	名 每天，每日，天天	類 日ごと（天天）ひ
8	あさ 朝	名 早上，早晨	類 午前（上午）ご ぜん 對 夕（傍晚）ゆう
9	け さ 今朝	名 今天早上	類 今朝（今早）こんちょう
10	まいあさ 毎朝	名 每天早上	類 毎朝 （每天早上）まいちょう
11	ひる 昼	名 中午；白天，白晝； 午飯	類 昼間（白天）ひるま 對 夜（晚上）よる
12	ご ぜん 午前	名 上午，午前	類 上午（上午）じょう ご 對 午後（下午）ご ご
13	ご ご 午後	名 下午，午後，後半天	類 下午（下午）か ご 對 午前（上午）ご ぜん

_____傘を　買いました。
前天買了雨傘。

_____は　誰も　来ませんでした。
昨天沒有半個人來。

_____は　早く　寝ます。
今天我要早點睡。

_____何を　して　いますか。
你現在在做什麼呢？

村田さんは_____病院へ　行きます。
村田先生明天要去醫院。

_____も　いい　天気ですね。
後天也是好天氣呢！

_____いい　天気ですね。
每天天氣都很好呢。

_____公園を　散歩しました。
早上我去公園散了步。

_____図書館に　本を　返しました。
今天早上把書還給圖書館了。

_____髪の　毛を　洗ってから　出かけます。
每天早上洗完頭髮才出門。

東京は　明日の_____から　雨が　降ります。
東京明天中午後會下雨。

明後日の_____、天気は　どう　なりますか。
後天上午的天氣如何呢？

_____七時に　友達に　会います。
下午七點要和朋友見面。

⑧ 朝　　　　　　⑨ 今朝　　　　　⑩ 毎朝

⑪ 昼　　　　　　⑫ 午前　　　　　⑬ 午後

⑭ 夕方 ゆうがた	名 傍晚	類 夕暮れ（黃昏）ゆうぐ 對 朝方（早晨）あさがた
⑮ 晩 ばん	名 晚，晚上	類 夜（晚上）よる 對 朝（早上）あさ
⑯ 夜 よる	名 晚上，夜裡	類 晩（晚上）ばん 對 昼（白天）ひる
⑰ 夕べ ゆう	名 昨天晚上，昨夜	類 昨夜（昨晚）さくや
⑱ 今晩 こんばん	名 今天晚上，今夜	類 今夜（今晚）こんや
⑲ 毎晩 まいばん	名 每天晚上	類 毎夜（每夜）まいよ
⑳ 後 あと	名 （時間）以後；（地點）後面；（距現在）以前；（次序）之後	類 以後（以後）いご 對 前（之前）まえ
㉑ 初め（に）はじ	名 開始，起頭；起因	對 終わり（結束）お
㉒ 時間 じかん	名 時間，功夫；時刻，鐘點	類 時（～的時候）とき
㉓ ～時間 じかん	名 ～小時，～點鐘	
㉔ 何時 いつ	代 何時，幾時，什麼時候；平時	類 いつ頃ごろ（什麼時候）

答案　⑭ 夕方ゆうがた　⑮ 晩ばん　⑯ 夜よる　⑰ 夕べゆう
　　　⑱ 今晩こんばん　⑲ 毎晩まいばん　⑳ 後あと

_____まで 妹と いっしょに 庭で 遊びました。

我和妹妹一起在院子裡玩到了傍晚。

朝から_____まで 歌の 練習を した。

從早上練歌練到晚上。

私は 昨日の_____友達と 話した 後で 寝ました。

我昨晚和朋友聊完天後，便去睡了。

太郎は_____晩ご飯を 食べないで 寝ました。

昨晚太郎沒有吃晚餐就睡了。

_____の ご飯は 何ですか。

今晚吃什麼？

私は_____新聞を 読みます。それから ラジオを 聞きます。

我每晚都看報紙。然後會聽廣播。

顔を 洗った_____で、歯を 磨きます。

洗完臉後刷牙。

一時ごろ_____に、女の子が 来ました。

一點左右，開始有女生來了。

新聞を 読む_____が ありません。

沒時間看報紙。

二十四_____。

二十四小時。

冬休みは_____から 始まりましたか。

寒假是什麼時候開始放的？

㉑ 初め   ㉒ 時間   ㉓ 時間   ㉔ いつ

2 ｜ 年、月份

CD2-14

①	せんげつ 先月	名 上個月	類 ぜんげつ 前月（前一個月） 對 らいげつ 来月（下個月）
②	こんげつ 今月	名 這個月	類 ほんげつ 本月（本月）
③	らいげつ 来月	名 下個月	類 よくげつ 翌月（下個月） 對 せんげつ 先月（上個月）
④	まいげつ まいつき 毎月／毎月	名 每個月	類 つき 月ごと（每月）
⑤	ひとつき 一月	名 一個月	類 いっかげつ 一ヶ月（一個月）
⑥	おととし 一昨年	名 前年	類 いっさくねん 一昨年（前一年）
⑦	きょねん 去年	名 去年	類 さくねん 昨年（去年）
⑧	ことし 今年	名 今年	類 ほんねん 本年（今年）
⑨	らいねん 来年	名 明年	類 よくねん 翌年（翌年） 對 きょねん 去年（去年）
⑩	さらいねん 再来年	名 後年	類 みょうごねん 明後年（後年）
⑪	まいねん まいとし 毎年／毎年	名 每年	類 とし 年ごと（每年）
⑫	とし 年	名 年；年紀	類 ねんれい 年齢（年齢）
⑬	とき 〜時	名 時	類 じかん 時間（時候）

答案 ① せんげつ 先月　② こんげつ 今月　③ らいげつ 来月　④ まいつき 毎月
⑤ ひとつき 一月　⑥ おととし　⑦ きょねん 去年

_____子<ruby>こ</ruby>どもが 生<ruby>う</ruby>まれました。
上個月小孩出生了。

_____も 忙<ruby>いそが</ruby>しいです。
這個月也很忙。

私<ruby>わたし</ruby>の 子供<ruby>こども</ruby>は_____から 高校<ruby>こうこう</ruby>に 行<ruby>い</ruby>きます。
我孩子下個月要上高中了。

_____15日<ruby>じゅうごにち</ruby>が 給料日<ruby>きゅうりょうび</ruby>です。
每個月15號發薪水。

あと_____で お正月<ruby>しょうがつ</ruby>ですね。
再一個月就是新年了呢。

_____旅行<ruby>りょこう</ruby>しました。
前年我去旅行了。

_____の 冬<ruby>ふゆ</ruby>は 雪<ruby>ゆき</ruby>が 1回<ruby>いっかい</ruby>しか 降<ruby>ふ</ruby>りませんでした。
去年僅僅下了一場雪。

去年<ruby>きょねん</ruby>は 旅行<ruby>りょこう</ruby>しましたが、_____は しませんでした。
去年有去旅行，今年則沒有去。

_____京都<ruby>きょうと</ruby>へ 旅行<ruby>りょこう</ruby>に 行<ruby>い</ruby>きます。
明年要去京都旅行。

今<ruby>いま</ruby>、2001年<ruby>にせんいちねん</ruby>です。_____は 外国<ruby>がいこく</ruby>に 行<ruby>い</ruby>きます。
現在是2001年。後年我就要去國外了。

_____友達<ruby>ともだち</ruby>と 山<ruby>やま</ruby>で スキーを します。
每年都會和朋友一起到山上滑雪。

彼<ruby>かれ</ruby>、_____は いくつですか。
他年紀多大？

妹<ruby>いもうと</ruby>が 生<ruby>う</ruby>まれた_____、父<ruby>ちち</ruby>は 外国<ruby>がいこく</ruby>に いました。
妹妹出生的時候，爸爸人在國外。

⑧ 今年<ruby>ことし</ruby>　⑨ 来年<ruby>らいねん</ruby>　⑩ さらいねん
⑪ 毎年<ruby>まいとし</ruby>　⑫ 年<ruby>とし</ruby>　⑬ 時<ruby>とき</ruby>

3 | 代名詞

CD2-15

①	これ	代 這個，此；這人；現在，此時	類 こちら（這個）
②	それ	代 那，那個；那時，那裡；那樣	類 そちら（那個）
③	あれ	代 那，那個；那時；那裡	類 あちら（那個）
④	どれ	代 哪個	類 どちら（那個）
⑤	ここ	代 這裡；（表程度，場面）此，如今；（表時間）近來，現在	類 こちら（這裡）
⑥	そこ	代 那兒，那邊	類 そちら（那裡）
⑦	あそこ	代 那邊	類 あちら（那裡）
⑧	どこ	代 何處，哪兒，哪裡	類 どちら（哪裡）
⑨	こちら	代 這邊，這裡，這方面；這位；我，我們（口語為"こっち"）	類 ここ（這裡）
⑩	そちら	代 那兒，那裡；那位，那個；府上，貴處（口語為"そっち"）	類 そこ（那裡）
⑪	あちら	代 那兒，那裡；那位，那個；府上，貴處（口語為"そっち"）	類 あそこ（那裡）
⑫	どちら	代 （方向，地點，事物，人等）哪裡，哪個，哪位（口語為"どっち"）	類 どこ（哪裡）
⑬	この	連體 這～，這個～	

答案 ① これ　② それ　③ あれ　④ どれ
⑤ ここ　⑥ そこ　⑦ あそこ

_____は 私が 高校の ときの 写真です。
這是我高中時的照片。

_____は 中国語で なんと いいますか。
那個中文怎麼說？

これは 日本語の 辞書で、_____は 英語の 辞書です。
這是日文辭典，那是英文辭典。

あなたの コートは_____ですか。
哪一件是你的大衣？

_____で 電話を かけます。
在這裡打電話。

受付は_____です。
受理櫃臺在那邊。

_____まで 走りましょう。
一起跑到那邊吧。

あなたは_____から 来ましたか。
你從哪裡來的？

山本さん、_____は スミスさんです。
山本先生，這位是史密斯小姐。

こちらが 台所で、_____が トイレです。
這裡是廚房，那邊是廁所。

プールは_____に あります。
游泳池在那邊。

ホテルは_____に ありますか。
飯店在哪裡？

_____仕事は 一時間ぐらい かかるでしょう。
這項工作大約要花一個小時吧。

⑧ どこ	⑨ こちら	⑩ そちら
⑪ あちら	⑫ どちら	⑬ この

⑭	その	連體 那～，那個～	
⑮	あの	連體 （表第三人稱，離說話雙方都距離遠的）那裡，哪個，哪位	
⑯	どの	連體 哪個，哪～	
⑰	こんな	連體 這樣的，這種的	類 このような（這樣的）
⑱	どんな	連體 什麼樣的；不拘什麼樣的	類 どのような（哪樣的）
⑲	誰	代 誰，哪位	類 どなた（哪位）
⑳	誰か	代 誰啊	
㉑	どなた	代 哪位，誰	類 誰（誰）
㉒	何／何	代 什麼；任何；表示驚訝	

答案 ⑭ その ⑮ あの ⑯ どの ⑰ こんな
⑱ どんな ⑲ 誰 ⑳ 誰か

_____テープは　5本で　600円です。
那個錄音帶，5個賣600日圓。

_____メガネの　方は　山田さんです。
那位戴眼鏡的是山田先生。

_____人は　一番　強いですか。
哪個人最強？

_____うちに　住みたいです。
我想住在這種房子裡。

_____音楽を　よく　聞きますか。
你常聽哪一種音樂？

部屋には_____も　いません。
房間裡沒有半個人（誰）。

_____窓を　閉めて　ください。
誰來把窗戶關一下。

今日は_____の　誕生日でしたか。
今天是哪位生日？

これは　_____という　スポーツですか。
這運動名叫什麼？

21 どなた　　　　　22 何

4 感嘆詞及接續詞

CD2-16

1	ああ	感 （表示驚訝等）啊，唉呀；哦	類 あっ（啊！）
2	あのう	感 喂，啊；嗯（招呼人時，說話躊躇或不能馬上說出下文時）	類 あの（喂）
3	いいえ	感 （用於否定）不是，不對，沒有	類 いいや（不） 對 はい（是）
4	ええ	感 （用降調表示肯定）是的；（用升調表示驚訝）哎呀	類 はい（是）
5	さあ	感 （表示勸誘，催促）來；表躊躇，遲疑的聲音	類 さ（來吧）
6	じゃ／じゃあ	感 那麼（就）	類 では（那麼）
7	そう	感 （回答）是，不錯；那樣地，那麼	
8	では	感 那麼，這麼說，要是那樣	類 それなら（如果那樣）
9	はい	感 （回答）有，到；（表示同意）是的	類 ええ（是） 對 いいえ（不是）
10	もしもし	感 （打電話）喂	類 申し申し（喂）
11	しかし	接續 然而，但是，可是	類 けれども（但是）
12	そうして／そして	接續 然後，而且；於是；以及	類 それから（然後）
13	それから	接續 然後；其次，還有；（催促對方談話時）後來怎樣	類 そして（然後）
14	それでは	接續 如果那樣；那麼，那麼說	類 それじゃ（那麼）
15	でも	接續 可是，但是，不過；就算	類 しかし（但是）

答案
1 ああ　　2 あのう　　3 いいえ　　4 ええ
5 さあ　　6 じゃあ　　7 そう　　8 では

_____、白い セーターの 人ですか。
啊！是穿白色毛衣的人嗎？

_____、本が 落ちましたよ。
啊！你書掉了唷！

「コーヒー、もう いっぱい いかがですか。」「_____、結構です。」
「要不要再來一杯咖啡呢？」「不了，謝謝。」

「お母さんは お元気ですか。」「_____、おかげさまで 元気です。」
「您母親還好嗎？」「嗯，託您的福，她很好。」

外は 寒いでしょう。_____、お入りなさい。
外面很冷吧。來，請進請進。

「映画は 3時からです。」「_____、2時に 出かけましょう。」
「電影三點開始。」「那我們兩點出門吧！」

「全部 六人で 来ましたか」「はい、_____です。」
「你們是六個人一起來的嗎？」「是的，沒錯。」

_____、明日 見に 行きませんか。
那明天要不要去看呢？

「山田さん！」「_____。」
「山田先生！」「有。」

_____、山本ですが、山田さんは いますか。
喂！我是山本，請問山田先生在嗎？

時間が ある、_____お金が ない。
有空但是沒錢。

朝は 勉強し、_____午後は プールで 泳ぎます。
早上唸書，然後下午到游泳池游泳。

家から 駅まで バスです。_____、電車に 乗ります。
從家裡坐公車到車站。然後再搭電車。

今日は 五日です。_____八日は 日曜日ですね。
今天是五號。那麼八號就是禮拜天囉。

彼は 夏_____厚い コートを 穿いて います。
他就算是夏天也穿著厚重的外套。

⑨ はい　　　⑩ もしもし　　　⑪ しかし　　　⑫ そして

⑬ それから　　　⑭ それでは　　　⑮ でも

5 | 副詞、副助詞　　⬤ CD2-17

①	<ruby>余<rt>あま</rt></ruby>り	副 （後接否定）不太〜，不怎麼〜	類 あんまり（不大〜）
②	<ruby>一々<rt>いちいち</rt></ruby>	副 ——，一個一個；全部；詳細	類 それぞれ（個別）
③	<ruby>一番<rt>いちばん</rt></ruby>	副 最初，第一；最好；最優秀	類 <ruby>最<rt>もっと</rt></ruby>も（最）
④	<ruby>何時<rt>いつ</rt></ruby>も	副 經常，隨時，無論何時；日常，往常	類 <ruby>常<rt>つね</rt></ruby>に（經常）
⑤	すぐ（に）	副 馬上，立刻；輕易；（距離）很近	類 <ruby>直<rt>ただ</rt></ruby>ちに（立刻）
⑥	<ruby>少<rt>すこ</rt></ruby>し	副 一下子；少量，稍微，一點	類 ちょっと（稍微）
⑦	<ruby>全部<rt>ぜんぶ</rt></ruby>	名 全部，總共	類 <ruby>全体<rt>ぜんたい</rt></ruby>（整體） 對 <ruby>一部<rt>いちぶ</rt></ruby>（一部份）
⑧	<ruby>大抵<rt>たいてい</rt></ruby>	副 大體，差不多；（下接推量）多半；（接否定）一般	類 <ruby>殆<rt>ほとん</rt></ruby>ど（大部分）
⑨	<ruby>大変<rt>たいへん</rt></ruby>	副 很，非常，大	類 <ruby>重大<rt>じゅうだい</rt></ruby>（重大）
⑩	<ruby>沢山<rt>たくさん</rt></ruby>	副・形動 很多，大量；足夠，不再需要	類 <ruby>一杯<rt>いっぱい</rt></ruby>（充滿） 對 <ruby>少<rt>すこ</rt></ruby>し（少許）
⑪	<ruby>多分<rt>たぶん</rt></ruby>	副 大概，或許；恐怕	類 <ruby>恐<rt>おそ</rt></ruby>らく（恐怕）
⑫	<ruby>段々<rt>だんだん</rt></ruby>	副 漸漸地	類 <ruby>次第<rt>しだい</rt></ruby>に（逐漸）
⑬	<ruby>丁度<rt>ちょうど</rt></ruby>	副 剛好，正好；正，整；剛，才	類 ぴったり（恰好）

答案　① あまり　② いちいち　③ <ruby>一番<rt>いちばん</rt></ruby>　④ いつも
　　　⑤ すぐ　⑥ <ruby>少<rt>すこ</rt></ruby>し　⑦ <ruby>全部<rt>ぜんぶ</rt></ruby>　⑧ たいてい

今日は＿＿＿＿＿忙しく　ありません。
今天不怎麼忙。

ペンを＿＿＿＿＿数えないで　ください。
筆請不要一支支數。

誰が＿＿＿＿＿早く　来ましたか。
誰是最早來的？

私は＿＿＿＿＿電気を　消して　寝ます。
我平常會關燈睡覺。

銀行は　駅を　出て＿＿＿＿＿右です。
銀行就在出了車站的右手邊。

すみませんが、＿＿＿＿＿静かに　して　ください。
不好意思，請稍微安靜一點。

パーティーには＿＿＿＿＿で　何人　来ましたか。
全部共有多少人來了派對呢？

＿＿＿＿＿は　歩いて　行きますが、時々　バスで　行きます。
大多都是走路過去的，但有時候會搭公車。

昨日の　料理は＿＿＿＿＿おいしかったです。
昨天的菜餚非常美味。

とりが＿＿＿＿＿空を　飛んで　います。
許多鳥在天空飛翔著。

あの　人は＿＿＿＿＿学生でしょう。
那個人大概是學生吧。

もう　春ですね。これから、＿＿＿＿＿暖かく　なりますね。
已經春天了呢！今後會漸漸暖和起來吧。

30　たす　70は＿＿＿＿＿100です。
30加70剛好是100。

⑨ たいへん　　⑩ たくさん　　⑪ たぶん
⑫ だんだん　　⑬ ちょうど

⑭	一寸 ちょっと	副 稍微；一下子；（下接否定）不太～，不太容易～	類 少し（少許） すこ
⑮	どう	副 怎麼，如何	類 いかが（如何）
⑯	どうして	副 為什麼，何故；如何，怎麼樣	類 なぜ（為何）
⑰	どうぞ	副 （表勸誘，請求，委託）請；（表承認，同意）可以，請	類 どうか（請～）
⑱	どうも	副 怎麼也，總是，實在；太，謝謝	類 本当に（真是） ほんとう
⑲	時々 ときどき	副 有時，偶而	類 偶に（偶爾） たま
⑳	とても	副 很，非常；（下接否定）無論如何也～	類 非常に（非常地） ひじょう
㉑	何故 なぜ	副 為何，為什麼	類 どうして（為什麼）
㉒	初めて はじ	副 最初，初次，第一次	類 最初に（一開始） さいしょ
㉓	本当に ほんとう	副 真正，真實	類 実に（實在） じつ
㉔	又 また	副 還，又，再；也，亦；而	類 再び（再） ふたた
㉕	未だ ま	副 還，尚；仍然；才，不過；並且	類 未だ（尚為） いま 對 もう（已經）
㉖	真っ直ぐ ま　す	副・形動 筆直，不彎曲；一直，直接	類 一直線（一直線） いっちょくせん

答案 ⑭ ちょっと　⑮ どう　⑯ どうして　⑰ どうぞ
⑱ どうも　⑲ 時々（ときどき）　⑳ とても

_____これを　見て　くださいませんか。
你可以幫我看一下這個嗎？

この　店の　コーヒーは_____ですか。
這家店的咖啡怎樣？

昨日は_____早く　帰りましたか。
昨天為什麼早退？

コーヒーを_____。
請用咖啡。

遅く　なって、_____すみません。
我遲到了，真是非常抱歉。

_____7時に　出かけます。
有時候會7點出門。

今日は_____疲れました。
今天非常地累。

_____昨日　来なかったですか。
為什麼昨天沒來？

_____会ったときから、ずっと　君が　好きだった。
我打從第一眼看到妳，就一直很喜歡妳。

お電話を_____ありがとう　ございました。
真的很感謝您的來電。

今日の　午前は　雨ですが、午後から　曇りに　なります。夜には_____雨ですね。
今天上午下雨，下午會轉陰。晚上又會再下雨。

図書館の　本は_____返して　いません。
還沒還圖書館的書。

_____行って　次の　角を　曲がって　ください。
直走，然後在下個轉角轉彎。

㉑ なぜ　　　　㉒ 初めて　　　　㉓ 本当に
㉔ 又　　　　㉕ まだ　　　　㉖ まっすぐ

27	もう	副 另外，再	類 更に（再）
28	もう	副 已經；馬上就要	類 既に（已經） 對 未だ（還未）
29	もっと	副 更，再，進一步，更稍微	類 一層（更加）
30	ゆっくり（と）	副 更，再，進一步，更稍微	類 遅い（慢）
31	よく	副 經常，常常	類 十分（充分）
32	如何（いかが）	副・形動 如何，怎麼樣	類 どう（怎麼樣）
33	～位／～位（くらい／ぐらい）	副助 大概，左右（數量或程度上的推測），上下	類 ほど（大約）
34	ずつ	副助 （表示均攤）每～，各～；表示反覆多次	類 毎（每～）
35	だけ	副助 只～	類 のみ（只有）
36	ながら	接助 邊～邊～，一面～一面～	類 つつ（一面～一面～）

答案 27 もう　28 もう　29 もっと　30 ゆっくり
31 よく　32 いかが　33 ぐらい

174

_____ 一度 ゆっくり 言って ください。
請慢慢地再講一次。

_____ 12時です。寝ましょう。
已經12點了。快睡吧！

いつもは_____ 早く 寝ます。
平時還更早睡。

もっと_____ 話して ください。
請再講慢一點！

私は_____ 妹と 遊びました。
我以前常和妹妹一起玩耍。

ご飯を もう いっぱい_____ ですか。
再來一碗飯如何？

郵便局まで どれ_____ かかりますか。
到郵局大概要花多少時間？

単語を 1日に 30 _____ 覚えます。
一天各背30個單字。

小川さん_____ お酒を 飲みます。
只有小川先生要喝酒。

朝ご飯を 食べ_____ 新聞を 読みました。
我邊吃早餐邊看報紙。

34 ずつ   35 だけ   36 ながら

175

6 接頭、接尾詞及其他 ◯ CD2-18

①	御〜/御〜	接頭 放在字首，表示尊敬語及美化語	類 御（貴（表尊敬））
②	〜時	接尾 〜點，〜時	
③	〜半	接尾 〜半，一半	類 半分（一半）
④	〜分	接尾 （時間）〜分；（角度）分	
⑤	〜日	名 號，日，天（計算日數）	
⑥	〜中	名・接尾 整個，全	
⑦	〜中	接尾 〜期間，正在〜當中；在〜之中	
⑧	〜月	接尾 〜月	
⑨	〜ヶ月	接尾 〜個月	
⑩	〜年	名 年（也用於計算年數）	
⑪	〜頃/〜頃	名・接尾 （表示時間）左右，時候，時期；正好的時候	類 時（〜的時候）
⑫	〜過ぎ	接尾 超過〜，過了〜，過渡	
⑬	〜側	接尾 〜邊，〜側；〜方面，立場；周圍，旁邊	類 一面（另一面）

答案 ① お ② 時 ③ 半 ④ 分
⑤ 日 ⑥ 中 ⑦ 中 ⑧ 月

広い＿＿＿＿＿＿＿庭ですね。
ひろ　　　　　　　　　にわ
（貴）庭園真寬敞啊！

五＿＿＿＿＿＿＿ごろ　地下鉄に　乗ります。
ご　　　　　　　　　　ちかてつ　　の
五點左右搭地鐵。

九時＿＿＿＿＿＿＿に　会いましょう。
くじ　　　　　　　　　　あ
約九點半見面吧！

今　八時四十五＿＿＿＿＿＿＿です。
いま　はちじよんじゅうご
現在是八點四十五分。

一＿＿＿＿＿＿＿に　三回　薬を　飲んで　ください。
いち　　　　　　さんかい　くすり　の
一天請吃三次藥。

タイは　一年＿＿＿＿＿＿＿暑いです。
いちねん　　　　　あつ
泰國終年炎熱。

明日の　午前＿＿＿＿＿＿＿は　いい　天気に　なりますよ。
あした　ごぜん　　　　　　　　てんき
明天上午期間會是好天氣喔！

私の　おばさんは　十＿＿＿＿＿＿＿に　結婚しました。
わたし　　　　　　　じゅう　　　　　けっこん
我阿姨在十月結婚了。

仕事で　3＿＿＿＿＿＿＿日本に　いました。
しごと　さん　　　　　　にほん
因為工作的關係，我在日本待了三個月。

だいたい　一＿＿＿＿＿＿＿に　二回　旅行を　します。
いち　　　　　　にかい　りょこう
一年大約去旅行兩趟。

昨日は　十一時＿＿＿＿＿＿＿寝ました。
きのう　じゅういちじ　　　　　　ね
昨天11點左右就睡了。

今　九時十五分＿＿＿＿＿＿＿です。
いま　くじじゅうごふん
現在是九點過15分。

本屋は　エレベーターの　向こう＿＿＿＿＿＿＿です。
ほんや　　　　　　　　　　む
書店在電梯對面的那一邊。

⑨ ヶ月
かげつ
⑩ 年
ねん
⑪ ごろ

⑫ 過ぎ
す
⑬ 側
がわ

177

⑭	~達 <ruby>達<rt>たち</rt></ruby>	接尾 （表示人的複數）~門，~等	類 等（們）<ruby>等<rt>ら</rt></ruby>
⑮	~屋 <ruby>屋<rt>や</rt></ruby>	接尾 ~店，商店或工作人員	類 店（店）<ruby>店<rt>みせ</rt></ruby>
⑯	~語 <ruby>語<rt>ご</rt></ruby>	接尾 ~語	類 單語（單字）<ruby>単語<rt>たんご</rt></ruby>
⑰	~がる	接尾 覺得~	
⑱	~人 <ruby>人<rt>じん</rt></ruby>	接尾 ~人	類 人（人）<ruby>人<rt>ひと</rt></ruby>
⑲	~等 <ruby>等<rt>など</rt></ruby>	副助 （表示概括，列舉）~等	類 なんか（之類）
⑳	~度 <ruby>度<rt>ど</rt></ruby>	名・接尾 ~次；~度（溫度，穩度等單位）	類 回数（次數）<ruby>回数<rt>かいすう</rt></ruby>
㉑	~前 <ruby>前<rt>まえ</rt></ruby>	名 （時間的）~前，之前	類 以前（以前）<ruby>以前<rt>いぜん</rt></ruby>
㉒	~時間 <ruby>時間<rt>じかん</rt></ruby>	接尾 ~小時，~點鐘	類 時刻（時刻）<ruby>時刻<rt>じこく</rt></ruby>
㉓	~円 <ruby>円<rt>えん</rt></ruby>	名・接尾 日圓（日本的貨幣單位）；圓（形）	
㉔	皆 <ruby>皆<rt>みんな</rt></ruby>	代 大家，全部，全體	類 全員（全員）<ruby>全員<rt>ぜんいん</rt></ruby>
㉕	方 <ruby>方<rt>ほう</rt></ruby>	名 （用於並列或比較屬於哪一）部類，類型	
㉖	外 <ruby>外<rt>ほか</rt></ruby>	名 其他，另外；旁邊，外部	類 よそ（別處）

学生＿＿＿＿＿＿＿は どの 電車に 乗りますか。
學生們都搭哪一輛電車呢？

すみません、この 近くに 魚＿＿＿＿＿＿＿は ありますか。
請問一下，這附近有魚販嗎？

日本＿＿＿＿＿の テストは やさしかったですが、質問が 多かったです。
日語考試很簡單，但是題目很多。

きれいな ものを 見て ほし＿＿＿＿＿＿＿人が 多い。
很多人看到美麗的事物，就覺得想得到它。

李さんは 日本＿＿＿＿＿と 結婚した。
李小姐和日本人結婚了。

朝は 料理や 洗濯＿＿＿＿＿で 忙しいです。
早上要做飯、洗衣等，真是忙碌。

たいへん、熱は ３９＿＿＿＿＿ありますよ。
糟了！發燒到39度耶！

今 八時十五分＿＿＿＿＿です。
現在再十五分就八點了。（八點的十五分鐘前）

昨日は ６＿＿＿＿＿ぐらい 寝ました。
昨天睡了６個小時左右。

それは 二つで 五万＿＿＿＿＿です。
那種的是兩個五萬日圓。

＿＿＿＿＿の 前で 歌を 歌いました。
在大家的面前唱了歌。

静かな 場所の＿＿＿＿＿が いいですね。
寧靜的地方比較好啊。

わかりませんね。＿＿＿＿＿の 人に 聞いて ください。
我不知道耶。問問看其他人吧！

㉑ 前 ㉒ 時間 ㉓ 円

㉔ みんな ㉕ 方 ㉖ ほか

179

MEMO

絕對合格
日檢單字

N5
新制對應！

第一回　新制日檢模擬考題　文字・語彙
第二回　新制日檢模擬考題　文字・語彙
第三回　新制日檢模擬考題　文字・語彙

*以「國際交流基金日本國際教育支援協會」的「新しい『日本語能力試驗』ガイドブック」為基準的三回「文字・語彙　模擬考題」。

もんだい1　漢字讀音問題　應試訣竅

這一題要考的是漢字讀音問題。出題形式改變了一些，但考點是一樣的。問題從舊制的20題減為12題。

漢字讀音分音讀跟訓讀，預估音讀跟訓讀將各佔一半的分數。音讀中要注意的有濁音、長短音、促音、撥音…等問題。而日語固有讀法的訓讀中，也要注意特殊的讀音單字。當然，發音上有特殊變化的單字，出現比率也不低。我們歸納分析一下：

1. 音讀：接近國語發音的音讀方法。如：「花」唸成「か」、「犬」唸成「けん」。

2. 訓讀：日本原來就有的發音。如：「花」唸成「はな」、「犬」唸成「いぬ」。

3. 熟語：由兩個以上的漢字組成的單字。如：練習、切手、每朝、見本、為替等。

   其中還包括日本特殊的固定讀法，就是所謂的「熟字訓読み」。如：「小豆」（あずき）、「土産」（みやげ）、「海苔」（のり）等。

4. 發音上的變化：字跟字結合時，產生發音上變化的單字。如：春雨（はるさめ）、反応（はんのう）、酒屋（さかや）等。

もんだい1　＿＿＿の　ことばは　どう　よみますか。1・2・3・4から　いちばん　いい　ものを　ひとつ　えらんで　ください。

[1] あなたの　すきな　番号は　なんですか。

　1　ばんこう　　　　2　ばんごお　　　3　ばんごう　　　4　ばんご

2 えきの　となりに　交番が　あります。
　　1　こうばん　　　　2　こうはん　　　　3　こおばん　　　　4　こばん

3 車を　うんてんする　ことが　できますか。
　　1　くりま　　　　　2　くろま　　　　　3　くるま　　　　　4　くらま

4 わたしの　クラスには　七月　うまれの　ひとが　5人も　います。
　　1　ななつき　　　　2　なながつ　　　　3　しちがつ　　　　4　しちつき

5 いつ　結婚する　つもりですか。
　　1　けっこん　　　　2　けこん　　　　　3　けうこん　　　　4　けんこん

6 かべの　時計が　とまって　いますよ。
　　1　とけえ　　　　　2　どけい　　　　　3　とけい　　　　　4　どけえ

7 字引を　もって　くるのを　わすれました。
　　1　じひぎ　　　　　2　じびき　　　　　3　じびぎ　　　　　4　じぴき

8 まだ　4さいですが、かんじで　名前を　かくことが　できます。
　　1　なまい　　　　　2　なまえ　　　　　3　なまへ　　　　　4　おなまえ

9 この　紙は　だれのですか。
　　1　かみ　　　　　　2　がみ　　　　　　3　かま　　　　　　4　がま

10 音楽の　じゅぎょうが　いちばん　すきです。
　　1　おんかぐ　　　　2　おんがく　　　　3　おんかく　　　　4　おんがぐ

11 庭に　となりの　ネコが　はいって　きました。

  1　にわ　　　　　2　には　　　　　3　なわ　　　　4　なは

12 まいつき　土日には　レストランで　しょくじを　します。

  1　とうが　　　　2　とおか　　　　3　とうか　　　4　とか

這一題要考的是漢字書寫問題。出題形式改變了一些，但考點是一樣的。問題預估為8題。

這道題要考的是音讀漢字跟訓讀漢字，預估將各佔一半的分數。音讀漢字考點在識別詞的同音異字上，訓讀漢字考點在掌握詞的意義，及該詞的表記漢字上。

解答方式，首先要仔細閱讀全句，從句意上判斷出是哪個詞，浮想出這個詞的表記漢字，確定該詞的漢字寫法。也就是根據句意確定詞，根據詞意來確定字。如果只看畫線部分，很容易張冠李戴，要小心。

もんだい2　_____の　ことばは　どう　かきますか。1・2・3・4から　いちばん　いい　ものを　ひとつ　えらんで　ください。

13　きってを　かいに　いきます。
　1　切手　　　　　2　功毛　　　　3　切于　　　　4　功手

14　この　ふくは　もう　あらって　ありますか。
　1　洋って　　　　2　汁って　　　3　洗って　　　4　流って

15　ぼーるぺんで　かいて　ください。
　1　ボールペン　　2　ボールペニ　3　ボールペソ　4　ボーレペン

16　ぽけっとに　なにが　はいって　いるのですか。
　1　ポケット　　　2　プケット　　3　パクット　　4　ピクット

17 おとうとは　<u>からい</u>　ものを　たべることが　できません。
　1　辛い　　　　　2　甘い　　　　　3　甘い　　　　　4　幸い

18 <u>すーぱー</u>へ　ぎゅうにゅうを　かいに　いきます。
　1　スーポー　　　2　クーポー　　　3　ヌーパー　　　4　スーパー

19 <u>くらい</u>ですから　きを　つけて　ください。
　1　暗らい　　　　2　暗い　　　　　3　明らい　　　　4　明い

20 きょうしつの　<u>でんき</u>が　つきません。
　1　電气　　　　　2　電気　　　　　3　雷气　　　　　4　雷気

もんだい3 選擇符合文脈的詞彙問題 應試訣竅

這一題要考的是選擇符合文脈的詞彙問題。這是延續舊制的出題方式，問題預估為10題。

這道題主要測試考生是否能正確把握詞義，如類義詞的區別運用能力，及能否掌握日語的獨特用法或固定搭配等等。預測名詞、動詞、形容詞、副詞的出題數都有一定的配分。另外，外來語也估計會出一題，要多注意。

由於我們的國字跟日本的漢字之間，同形同義字佔有相當的比率，這是我們得天獨厚的地方。但相對的也存在不少的同形不同義的字，這時候就要注意，不要太拘泥於國字的含義，而混淆詞義。應該多從像「暗号で送る」（用暗號發送）、「絶対安静」（得多靜養）、「口が堅い」（口風很緊）等日語固定的搭配，或獨特的用法來做練習才是。以達到加深對詞義的理解、觸類旁通、豐富詞彙量的目的。

もんだい3　（　　）に　なにを　いれますか。1・2・3・4から　いちばん　いい　ものを　ひとつ　えらんで　ください。

21　ほんだなに　にんぎょうが　おいて　（　　　）。
1　います　　　2　おきます　　　3　あります　　　4　いきます

22　あの　せんせいは　（　　　）ですから、しんぱいしなくて　いいですよ。
1　すずしい　　　2　やさしい　　　3　おいしい　　　4　あぶない

23 「すみません、この　にくと　たまごを　（　　　　）。ぜんぶで　いくら
　　　ですか。」
　　　「ありがとう　ございます。1,200えんです。」
　　1　かいませんか　　　　　　　　　　　2　かいたくないです
　　3　かいたいです　　　　　　　　　　　4　かいました

24 からだが　よわいですから、よく　（　　　　）を　のみます。
　　1　びょうき　　　　　2　のみもの　　　3　ごはん　　　　4　くすり

25 その　えいがは　（　　　　）ですよ。
　　1　つらかった　　　　2　きたなかった　3　まずかった　　4　つまらなかった

26 いまから　ピアノの　（　　　）　いきます。
　　1　ならうに　　　　　2　するに　　　　3　れんしゅうに　4　のりに

27 （　　　　）　プレゼントを　かえば　いいと　おもいますか。
　　1　どんな　　　　　　2　なにの　　　　3　どれの　　　　4　どうして

28 （　　　　）が　たりません。すわれない　ひとが　います。
　　1　たな　　　　　　　2　さら　　　　　3　いえ　　　　　4　いす

29 「すみません。たいしかんまで　どれぐらいですか。」
　　　「そうですね、だいたい　2（　　　　）ぐらいですね。」
　　1　グラム　　　　　　2　キロメートル　3　キログラム　4　センチ

30 おかあさんの　おとうさんは　（　　　　）です。
　　1　おじさん　　　　　2　おじいさん　　3　おばさん　　　4　おばあさん

　　這一題要考的是替換同義詞，或同一句話不同表現的問題，這是延續舊制的出題方式，問題預估為5題。

　　這道題的題目預測會給一個句子，句中會有某個關鍵詞彙，請考生從四個選項句中，選出意思跟題目句中該詞彙相近的詞來。看到這種題型，要能馬上反應出，句中關鍵字的類義跟對義詞。如：太る（肥胖）的類義詞有肥える、肥る…等；太る的對義詞有やせる…等。

　　這對這道題，準備的方式是，將詞義相近的字一起記起來。這樣，透過聯想記憶來豐富詞彙量，並提高答題速度。

　　另外，針對同一句話不同表現的「換句話説」問題，可以分成幾種不同的類型，進行記憶。例如：

比較句

○中小企業は大手企業より資金力が乏しい。

○大手企業は中小企業より資金力が豊かだ。

分裂句

○今週買ったのは、テレビでした。

○今週は、テレビを買いました。

○部屋の隅に、ごみが残っています。

○ごみは、部屋の隅にまだあります。

敬語句

○お支払いはいかがなさいますか。

○お支払いはどうなさいますか。

同概念句

○夏休みに桜が開花する。

○夏休みに桜が咲く。

…等。

　　也就是把「換句話説」的句子分門別類，透過替換句的整理，來提高答題正確率。

もんだい4 ＿＿＿＿のぶんと だいたい おなじ いみの ぶんが あります。1・2・3・4から いちばん いい ものを ひとつ えらんで ください。

31 ゆうべは おそく ねましたから、 けさは 11じに おきました。

1 きのうは 11じに ねました。

2 きょうは 11じまで ねて いました。

3 きのうは 11じまで ねました。

4 きょうは 11じに ねます。

32 この コーヒーは ぬるいです。

1 この コーヒーは あついです。

2 この コーヒーは つめたいです。

3 この コーヒーは あつくないし、つめたくないです。

4 この コーヒーは あつくて、つめたいです。

33 あしたは やすみですから、もう すこし おきて いても いいです。

1 もう ねなければ いけません。

2 まだ ねて います。

3 まだ ねなくても だいじょうぶです。

4 もう すこしで おきる じかんです。

34 びじゅつかんに いく ひとは この さきの かどを みぎに まがって
   ください。
   1 びじゅつかんに いく ひとは この まえの かどを まがって ください。
   2 びじゅつかんに いくひとは この うしろの かどを まがって ください。
   3 びじゅつかんに いく ひとは この よこの かどを まがって ください。
   4 びじゅつかんに いく ひとは この となりの かどを まがって ください。

35 きょねんの たんじょうびには りょうしんから とけいを もらいました。
   1 1ねん まえの たんじょうびに とけいを あげました。
   2 2ねん まえの たんじょうびに とけいを あげました。
   3 この とけいは 1ねん まえの たんじょうびに もらった ものです。
   4 この とけいは 2ねん まえの たんじょうびに もらった ものです。

もんだい1 ＿＿＿の ことばは どう よみますか。1・2・3・4から
　　　　　いちばん いい ものを ひとつ えらんで ください。

1 まだ 外国へ いったことが ありません。
　　1 かいごく　　　　2 がいこぐ　　　3 がいごく　　　4 がいこく

2 きのうの ゆうしょくは 不味かったです。
　　1 まづかった　　　2 まついかった　3 まずかった　　4 まずいかった

3 3じに 友達が あそびに きます。
　　1 ともだち　　　　2 おともだち　　3 どもたち　　　4 どもだち

4 再来年には こうこうせいに なります。
　　1 さいらいねん　　2 おととし　　　3 らいねん　　　4 さらいねん

5 えんぴつを 三本 かして ください。
　　1 さんぽん　　　　2 さんほん　　　3 さんぼん　　　4 さんっぽん

6 その 箱は にほんから とどいた ものです。
　　1 はこ　　　　　　2 ぱこ　　　　　3 ばこ　　　　　4 ばご

7 どんな 果物が すきですか。
　　1 くだもん　　　　2 くだもの　　　3 くたもの　　　4 ぐたもの

8 えきの 入口は どこですか。
　　1 はいりぐち　　　2 いりくち　　　3 いりぐち　　　4 いるぐち

9 おじいちゃんは　いつも　<u>万年筆</u>で　てがみを　かきます。
  1　まねんひつ　　　　2　まんねんひつ　3　まんねんびつ　4　まんねんぴつ

10 ほんやで　<u>辞書</u>を　かいました。
  1　しじょ　　　　　　2　じしょう　　　　3　じっしょ　　　　4　じしょ

11 きょうは　<u>夕方</u>から　あめが　ふりますよ。
  1　ゆかた　　　　　　2　ゆうがだ　　　　3　ゆうかだ　　　　4　ゆうがた

12 わたしは　コーヒーに　<u>砂糖</u>を　いれません。
  1　さと　　　　　　　2　さとお　　　　　3　さいとう　　　　4　さとう

もんだい2 ＿＿＿の ことばは どう よみますか。1・2・3・4から
いちばん いい ものを ひとつ えらんで ください。

13 これが りょこうに もって いく にもつです。
　1　荷勿　　　　　2　荷物　　　　　3　何物　　　　　4　苻物

14 おおきい はこ ですが、かるいですよ。
　1　経るい　　　　2　経い　　　　　3　軽るい　　　　4　軽い

15 おじいちゃんは まいげつ びょういんに いきます。
　1　毎年　　　　　2　毎月　　　　　3　毎週　　　　　4　毎回

16 まるい テーブルが ほしいです。
　1　九るい　　　　2　九い　　　　　3　丸るい　　　　4　丸い

17 わたしは 10さいから めがねを しています。
　1　眼境　　　　　2　眼鏡　　　　　3　目鏡　　　　　4　目竟

18 こんばんは かえるのが おそく なります。
　1　今夜　　　　　2　今晩　　　　　3　今日　　　　　4　今朝

19 おきゃくさんが げんかんで まって います。
　1　玄関　　　　　2　玄門　　　　　3　玄間　　　　　4　玄開

20 まっちで ひを つけます。
　1　マッチ　　　　2　ムッテ　　　　3　ムッチ　　　　4　マッテ

もんだい3　（　　　）に　なにを　いれますか。1・2・3・4から
　　　　　いちばん　いい　ものを　ひとつ　えらんで　ください。

21　きゅうに　そらが　（　　　　）　きました。
　　1　ふって　　　　　2　おりて　　　　　3　さがって　　　4　くもって

22　にわで　ねこが　ないて　（　　　　）。
　　1　おきます　　　　2　あります　　　　3　います　　　　4　いります

23　としょしつは　5かいに　ありますから、そこの　かいだんを
　　（　　　　）ください。
　　1　くだって　　　　2　さがって　　　3　のぼって　　　4　あがって

24　すみません、いちばん　ちかい　ちかてつの　えきは　どちらに
　　（　　　　）。
　　1　いきますか　　　2　いけますか　　　3　おりますか　　　4　ありますか

25　あさに　くだものの　（　　　　）を　のむのが　すきです。
　　1　パーティー　　　2　ジュース　　　3　パン　　　　　　4　テーブル

26　テキストの　25ページを　（　　　　）　ください。
　　1　おいて　　　　　2　あけて　　　　　3　あいて　　　　4　しめて

27　ゆうがたから　つめたくて　つよい　かぜが　（　　　　）きました。
　　1　ふって　　　　　2　きって　　　　　3　とんで　　　　4　ふいて

28 （　　　　） やまださんの　ほんですか。

1　なにが　　　　　2　どちらが　　　3　どなたが　　　4　だれが

29 そこの　かどを　（　　　　）　ところが　わたしの　いえです。

1　いって　　　　　2　いった　　　　3　まがって　　　4　まがった

30 「すみません。この　（　　　　）を　まっすぐ　いくと　だいがくに　つき
　　ますか。」

　　「はい、つきますよ。」

1　かわ　　　　　　2　みち　　　　　3　ひま　　　　4　くち

もんだい4 ＿＿＿のぶんと だいたい おなじ いみの ぶんが ありま
す。1・2・3・4から いちばん いい ものを ひとつ
えらんで ください。

31 えいごの しゅくだいは きょうまでに やる つもりでした。
1 えいごの しゅくだいは きょうから ぜんぶ しました。
2 えいごの しゅくだいは もう おわりました。
3 えいごの しゅくだいは まだ できて いません。
4 えいごの しゅくだいは きょうまでに おわりました。

32 さいふが どこにも ありません。
1 どこにも さいふは ないです。
2 どちらの さいふも ありません。
3 どこかに さいふは あります。
4 どこに さいふが あるか きいて いません。

33 この じどうしゃは ふるいので もう のりません。
1 この じどうしゃは ふるいですが、まだ のります。
2 この じどうしゃは あたらしいので、まだ つかいます。
3 この じどうしゃは あたらしいですが つかいません。
4 この じどうしゃは ふるいですので、もう つかいません。

34 おちゃわんに はんぶんだけ ごはんを いれて ください。
1 おちゃわんに はんぶんしか ごはんを いれないで ください。
2 おちゃわんに はんぶん ごはんが はいって います。
3 おちゃわんに はんぶん ごはんを いれて あげます。
4 おちゃわんに はんぶんだけ ごはんを いれて くれました。

35 まだ　7じですから　もう　すこし　あとで　かえります。

1　もう　7じに　なったので、いそいで　かえります。

2　まだ　7じですから、もう　すこし　ゆっくりして　いきます。

3　7じですから、もう　かえらなければ　いけません。

4　まだ　7じですが、もう　かえります。

もんだい1　＿＿＿の　ことばは　どう　よみますか。1・2・3・4から
　　　　　　いちばん　いい　ものを　ひとつ　えらんで　ください。

1　おかあさんは　台所に　いますよ。
　　1　たいどころ　　　2　だいところ　　　3　たいところ　　　4　だいどころ

2　一昨年から　すいえいを　ならって　います。
　　1　おととし　　　　2　おとうとい　　　3　おとうとし　　　4　おととい

3　赤い　コートが　ほしいです。
　　1　あおい　　　　　2　くろい　　　　　3　あかい　　　　　4　しろい

4　九時ごろに　おとうさんが　かえって　きます。
　　1　くじ　　　　　　2　きゅうじ　　　　3　くっじ　　　　　4　じゅうじ

5　ともだちに　手紙を　かいて　います。
　　1　てかみ　　　　　2　でがみ　　　　　3　てがみ　　　　　4　おてかみ

6　封筒に　いれて　おくりますね。
　　1　ふっとう　　　　2　ふうと　　　　　3　ふうとう　　　　4　ふうとお

7　いもうとを　病院に　つれて　いきます。
　　1　びょういん　　　2　びょうい　　　　3　ぴょういん　　　4　ぴょうい

8　「すみません、灰皿　ありますか。」
　　1　へいさら　　　　2　はいさら　　　　3　はいざら　　　　4　はえざら

9 こどもは がっこうで 平仮名を ならって います。
1 ひらがな　　　2 ひらかな　　　3 ひいらがな　　4 ひんらがな

10 今晩は なにか よていが ありますか。
1 こんはん　　　2 ごんはん　　　3 こばん　　　　4 こんばん

11 かいしゃへ いく ときは、背広を きます。
1 ぜひろ　　　　2 せひろ　　　　3 せぴろ　　　　4 せびろ

12 かのじょは わたしが はじめて おしえた 生徒です。
1 せいとう　　　2 せいと　　　　3 せえと　　　　4 せへと

もんだい2 ＿＿＿の ことばは どう かきますか。 1・2・3・4から
いちばん いい ものを ひとつ えらんで ください。

13 いえを でる まえに しんぶんを よみます。
　1　聞新　　　　　2　新文　　　　　3　親聞　　　　　4　新聞

14 あめの ひは きらいです。
　1　嫌い　　　　　2　兼い　　　　　3　兼らい　　　　4　嫌らい

15 ごごは ぷーるへ いく つもりです。
　1　パール　　　　2　プーレ　　　　3　プール　　　　4　ペーレ

16 てんきが いいので、せんたくします
　1　先濯　　　　　2　流躍　　　　　3　洗躍　　　　　4　洗濯

17 がっこうの もんの まえに はなが さいて います。
　1　門　　　　　　2　問　　　　　　3　間　　　　　　4　関

18 かいじょうには おおぜいの ひとが います。
　1　多熱　　　　　2　多勢　　　　　3　大勢　　　　　4　太勢

19 じぶんの へやが ありますか。
　1　倍屋　　　　　2　部渥　　　　　3　部屋　　　　　4　部握

20 すこし せまいですが、だいじょうぶですか。
　1　狭い　　　　　2　峡い　　　　　3　挟い　　　　　4　小い

もんだい3　（　　　）に　なにを　いれますか。1・2・3・4から
　　　　　　いちばん　いい　ものを　ひとつ　えらんで　ください。

21　おとうとは　おふろから　でると、（　　　　）ぎゅうにゅうを　のみます。
　1　いっぱい　　　　　2　いっこ　　　　　3　いっちゃく　　4　いちまい

22　きの　うしろに　（　　　　）どうぶつが　いますよ。
　1　どれか　　　　　　2　なにか　　　　　3　どこか　　　　　4　これか

23　あしたは　ゆきが　（　　　　　）。
　1　さがるでしょう　　　　　　　　　2　おりるでしょう
　3　ふるでしょう　　　　　　　　　　4　はれるでしょう

24　となりの　おばあちゃんが　おかしを　（　　　　）。
　1　もらいました　　　　　　　　　2　くれました
　3　あげました　　　　　　　　　　4　ちょうだいしました

25　えきの　ちかくには　スーパーも　デパートも　あって　とても
　（　　　　）。
　1　へんです　　　　　2　わかいです　　　3　べんりです　　4　わるいです

26　いもうとは　いつも　（　　　　）に　あめを　いれて　います。
　1　ボタン　　　　　2　レコード　　　　3　ステーキ　　　4　ポケット

27　たいふうが　きましたので、でんしゃが　（　　　　）。
　1　とめました　　　2　やみました　　　3　やりました　　4　とまりました

28 あしたは　にほんごの　テストですね。テストの　じゅんびは　（　　　）。
　1　どうですか　　　　2　なにですか　　　3　どうでしたか　4　どうしましたか

29 きのう　ふるい　ざっしを　あねから　（　　　）。
　1　あげました　　　　　　　　　　2　くれます
　3　ちょうだいします　　　　　　　4　もらいました

30 そこの　さとうを　（　　　）　くださいませんか。
　1　さって　　　　　2　きって　　　　3　とって　　　　4　しって

もんだい4 ＿＿＿のぶんと だいたい おなじ いみの ぶんが あります。1・2・3・4から いちばん いい ものを ひとつ えらんで ください。

31 この ことは だれにも いって いません。

1 この ことは だれからも きいて いません。

2 この ことは だれも いいません。

3 この ことは だれにも おしえて いません。

4 この ことは だれかに いいました。

32 デパートへ いきましたが、しまって いました。

1 デパートへ いきましたが、しめました。

2 デパートへ いきましたが、きえて いました。

3 デパートへ いきましたが、あいて いませんでした。

4 デパートへ いきましたが、あけて いませんでした。

33 きょうは さむくないですから ストーブを つけません。

1 きょうは さむいですが、ストーブを けしません。

2 きょうは さむいので ストーブを けします。

3 きょうは あたたかいので ストーブを つかいません。

4 きょうは あたたかいですが、ストーブを つかいます。

34 あの　おべんとうは　まずくて　たかいです。

1 あの　おべんとうは　おいしくて　やすいです。

2 あの　おべんとうは　おいしくて　たかいです。

3 あの　おべんとうは　おいしくなくて　やすいです。

4 あの　おべんとうは　おいしくなくて　たかいです。

35 こんげつは　11にちから　1しゅうかん　やすむ　つもりです。

1 11にちまで　1しゅうかん　やすんで　います。

2 こんげつの　11にちまで　1しゅうかん　やすみます。

3 こんげつは　11にちから　18にちまで　やすみます。

4 こんげつは　いつかから　11にちまで　やすみます。

第一回

問題 1

1	3	2	1	3	3	4	3	5	1
6	3	7	2	8	2	9	1	10	2
11	1	12	2						

問題 2

13	1	14	3	15	1	16	1	17	1
18	4	19	2	20	2				

問題3

21	3	22	2	23	3	24	4	25	4
26	3	27	1	28	4	29	2	30	2

問題4

31	2	32	3	33	3	34	1	35	3

第二回

問題 1

1	4	2	3	3	1	4	4	5	3
6	1	7	2	8	3	9	2	10	4
11	4	12	4						

問題 2

13	2	14	4	15	2	16	4	17	2
18	2	19	1	20	1				

問題3

| 21 | 4 | 22 | 3 | 23 | 3 | 24 | 4 | 25 | 2 |
| 26 | 2 | 27 | 4 | 28 | 2 | 29 | 4 | 30 | 2 |

問題4

| 31 | 3 | 32 | 1 | 33 | 4 | 34 | 1 | 35 | 2 |

第三回 ▬▬▬▬▬▬▬▬▬▬▬▬▬▬

問題 1

1	4	2	1	3	3	4	1	5	3
6	3	7	1	8	3	9	1	10	4
11	4	12	2

問題 2

| 13 | 4 | 14 | 1 | 15 | 3 | 16 | 4 | 17 | 1 |
| 18 | 3 | 19 | 3 | 20 | 1 |

問題3

| 21 | 1 | 22 | 2 | 23 | 3 | 24 | 2 | 25 | 3 |
| 26 | 4 | 27 | 4 | 28 | 1 | 29 | 4 | 30 | 3 |

問題4

| 31 | 3 | 32 | 3 | 33 | 3 | 34 | 4 | 35 | 3 |

MEMO

新制日語檢定

索 引
Japanese Index

新制日檢 21

新制對應 絕對合格！日檢單字 **N5**（25K+MP3）

2013年10月　初版

. . . .

● 發行人　　林德勝

● 著者　　　小池直子◎著

● 出版發行　山田社文化事業有限公司
　　　　　　106 臺北市大安區安和路一段112巷17號 7 樓
　　　　　　電話　02-2755-7622
　　　　　　傳真　02-2700-1887

　　　　　◆ 郵政劃撥　19867160號　　大原文化事業有限公司
　　　　　◆ 網路購書　日語英語學習網　http://www.daybooks.com.tw

　　　　　◆ 總經銷　　聯合發行股份有限公司
　　　　　　　　　　　新北市新店區寶橋路235巷 6 弄 6 號 2 樓
　　　　　　　　　　　電話　02-2917-8022
　　　　　　　　　　　傳真　02-2915-6275

● 印刷　　　上鎰數位科技印刷有限公司
● 法律顧問　林長振法律事務所　林長振律師
● 定價　　　新台幣299元